張愛玲全集

一曲难忘

北京出版集团公司
北京十月文艺出版社

青马（天津）文化有限公司
出　品

目 录

南北一家亲

人物

张三波

张太太——张妻

张清文——张子

张佩明——张女

李四宝

李太太——李妻

李曼玲——李女

李焕襄——李子

马正伦

小吴——领班

三号——侍役

王先生——顾客

赵太太——士多老板娘

阿冯——水果摊老板

明仔——抹车青年

蛇仔——抹车青年

光仔——擦鞋童

喜娘

张家女佣

李家女佣

神父

第一场

景：南兴酒家

时：日

人：张三波，李四宝，李友甲、乙、丙，顾客，侍役

F.I.

（南兴酒家招牌。

（店内——张三波穿唐装周旋于顾客间。

（李四宝与三友同餐，张巡视来至李身旁。）

李：（向张捻食指拇指）开账单。

（张闻声回头。）

李：（见张无反应，不耐烦地向自己摇了摇头，说生硬的广东话）埋单，埋单。

友甲：嗳！四宝兄，今儿不能让你请客。

李：嗳，今儿是我的小东道。

（张送账单来，四人均抢付。

（李与三友同时："我来，我来。"）

李：（一把揿住账单一面摸口袋一面研究）什么，蚝油鲍鱼要十二块？

张：（不大懂）你话乜嘢？

李：我说蚝油鲍鱼要十二块太贵了。

张：（明白状）你话鲍鱼贵？十二文唔系贵呀，呢啲系网鲍嚟㗎。

李：你别欺负我外行。告诉你，我也开过饭馆。

张：你……乜你都系行家？

友甲：这位李先生在北方开过大饭馆的。

友乙：是京菜业权威！

李：（神气）你骗得了别人骗不了我。

张：（作不屑状）仲搞到骗佢添，你知唔知而家网鲍几多钱一斤呀？

李：这么薄薄的几片鲍鱼，不到四两重，就算再贵也不用十二块。

张：费事晒气，我地呢度啲菜单含白冷有价钱写住嘅，如果嫌贵你可以唔食呀，而家食完至话贵咁就冇办法咯，又唔系我叫你食嘅。

李：咦！你这人说话怎么这么不客气？

友甲：嗳！这伙计态度不好。

友乙：太不客气，广东人就是这么不讲理。

李：（更神气）我不跟你多说，叫你们老板来。

（张愕然，李以为张怕——哑场片刻。）

李：（见张不动）快去叫你们老板来。

张：我就系老板喇！

（李与三友不禁一呆。）

李：你就是老板？

张：失礼。

李：你当老板的对客人这么不客气？

张：系咁嘅喇，如果你想揾间酒家啲价钱又平，招呼又周到，样样都合心水嘅，除非你自己去开间喇。

李：（气极，拍桌）好，我就开一间给你看。

O.P.

第二场

景：酒家连街道

时：日

人：张、李、工头、装修工人、侍役、路人、顾客

C.I.

（北顺楼开始装修，李四宝与工头们指手划脚，镜头拉开见南兴酒家就在隔邻，张三波见状冷笑。）

Diss.

（北顺楼内部装修。）

Diss.

（北顺楼继续装修，张、李二人在店外碰头互作仇视状。）

Diss.

（北顺楼已装修完毕，二人安上“北顺楼”招牌。）

Diss.

（北顺楼开幕燃放爆仗。

（以上画面全部叠印片头字幕。）

F.O.

第三场

景：酒家连街道

时：日

人：张、李、小吴、过客男女、小孩、路人、顾客、侍役

F.I.

（北顺楼门前竖立招牌板："正宗京菜，全港第一"，另加英文"欢迎游客"等，门头上挂一纸剪大蟹与"蟹"字。

（一对男女过客携三孩看橱窗内所贴菜单。

（窗内露出李焦急的脸。

（领班小吴急忙拉开门欲招呼，男女过客不顾而去。

（李忍不住跟出，看他们究往何处。

（男女过客走向南兴，张拉门迎客。

（李、吴眼睁睁望着。

（二客携孩子入南兴，张向李一笑跟入。

（李刺激。）

李：好小子，咱们走着瞧。

吴：李老板，您别着急，咱们刚开张才几天，生意还没做开。

李：今儿午市才卖三桌。

吴：我的一帮老客人还不知道我转到您这儿来，改天我想法子通知他们一声，我小吴这点面子还有。

李：那就瞧你的啦，小吴。

吴：您放心，包在我身上。（同入）

D.O.

第四场

景：南兴酒家内

时：日

人：张、马正伦、顾客、伙计

D.I.

（张与马正伦对坐。）

张：呢张咁嘅菜单，计你百二银一围真系可以讲得平通港九。

马：喂，旧年百一银一围啫嗜。

张：旧年又点同呢，今年啲嘢贵咗。你放心啦，老友上头，仲会计多嘅咩，而且你地公司年年开联欢会都帮衬我嘅，老实讲，计多你连我自己都唔好意思㗎。

马：咁呀，好啦，我攞呢张菜单番公司俾佢地睇吓先。

张：（捧马）其实都系你揸主意嘅啫，我谂都冇乜问题嘅。

马：咁就系，不过循例都系要俾佢地睇吓，你预备定啲嘢啦。

张：好好，照旧年一样二十围吖吗？

马：系啦，二十围。

（马告辞，张送马出。）

C.O.

第五场

景：酒家连街道

时：日

人：张、马、吴、路人

C.I.

（南兴酒家外，张送马出。

（马行经北顺，吴在门内瞥见赶出。）

吴：马先生。

马：咦！小吴！

（张正欲回店，见状诧异。）

马：怎么？你到这儿来做啦。

吴：这儿新开张，叫我来帮忙。来来来，进去坐会儿，吃点点心，我请客。（拉马入）

（张疑，来至北顺门外张望。）

C.O.

第六场

景：北顺楼内

时：日

人：李、张、吴、马、客人、侍者

C.I.

（北顺楼内——吴拉马来至李处。）

吴：马先生，这是我们的李老板。

马
李：（同时拖长声高叫）咦……！（互拍肩背）

马：好久不见了。

李：坐坐坐。

马：这儿是你开的？

李：小生意。

吴：你们二位认识的？

李：老朋友咯！

马：几时到香港来的？

李：来了十几年啦，你一向在哪儿得意？

马：没出息，还是在美亚。

（吴奉上菜牌，李逼马叫点心。

（店外——张怀疑，逗留，终回店，仍不放心，频频四顾。）

（北顺店内）

李：你在隔壁南兴吃饭？

马：不是，有公事。

李：什么公事？

（吴送上点心。）

马：我们公司有个联欢会，每年都包给南兴的，公司派我去订菜。

李：联欢会？（与吴互看一眼）有多少桌？

马：二十桌。

李：二十桌！？（起意）他们那边地方小，挤得下吗？

吴：（急附和）嗳，那么小地方摆二十桌酒？

李：（抢过马手中单子）菜单给我看看行不行？

（马还没有来得及答话，菜单已在李手中。）

吴：马先生，请请，（让吃点心）趁热吃。

（马应接不暇，李、吴同看菜单，交换眼色。）

李：（拍桌）广东人做生意我实在佩服佩服！

马：（吓一跳）怎么了？

李：一百二十块一桌的广东菜，连鲍翅都没有？

吴：（一吹一唱）也没有乳猪！

李：用最便宜的材料。

吴：开你最贵的价钱。

李：二十桌酒起码赚你个对本对利。

马：真的？

李：你不信，我让小吴开一张我们一百二一桌的菜给你看看。——小吴，去开一张给马先生看看。

吴：是！（出）

（马望住小吴走，有阻止之意。李急对马说。）

李：请，请，蟹黄包子冷了不好吃。

（马应声举筷。）

客人：（向侍者）嗳！这螃蟹怎么不新鲜，是不是死的？

（马闻声筷子停在半空中。）

李：（跳起来）什么？（来至客人前）我们的螃蟹不新鲜？不会的，不相信我拿几个给你看看。（对侍者）快去拿蟹出来给这位先生看。

（侍者应声走。

（马怀疑地看看蟹黄包。）

客人：（向李）你闻闻这味儿。

李：（接过一闻，失笑）螃蟹就是这味儿的，先生。

（侍者捧蟹出。）

李：（牵蟹给客人看）先生你看，多肥，比我肥，可是比我跑得快，多有劲。

（马放心，吃蟹黄包。

（李望望马，牵蟹到柜台前向吴低语。）

李：小吴，照一百五一桌的菜开，这桩生意我赔钱也得抢过来。

吴：（点头）知道。

D.O.

第七场

景：酒家连街道

时：日

人：张、李、马、吴、路人

D.I.

（南兴门口，张仍不放心，出店向北顺遥望。

（北顺楼门口，李送马出，小吴随出。）

李：再说我们地方大，装潢好，这件事办体面了你老兄脸上也有光。

马：我带你这张菜单回去让他们看看，我想你八成有希望。

李：这就叫做不怕不识货，只怕货比货！

（马点头告别。

（张急忙拍手叫马。）

张：老马，老马！

（马闻叫走向张，李、吴注视。

（马来至张前。）

张：喂，乜你识嗰个外江佬嘅咩？

马：识！佢叫李四宝啦嘛，旧时我响北方做生意嗰阵就识佢嘅啦。

张：咁佢嗰个领班呢？你又识佢嘅？我睇见佢夹硬拉你入北顺楼嘅嚡。

马：嗰个领班小吴？佢以前响天宫楼做嘅，我系天宫楼嘅老主顾，梗识啦。呢个小吴好叻㗎，佢去到边度做领班，啲人客会跟住佢去边间帮衬嘅。

张：乜呢个小吴咁好嘢㗎？

马：系呀！

（北顺门口，李、吴注视。）

马：（窘嗽）系啦，三波，我正话想通知你，头先我同你倾过嘅嗰二十围酒，你唔好预备住，或者会有啲变动！

张：（惊）乜嘢话？

马：（窘）唔……我头先打咗个电话番公司，公司话嫌你呢处地方太细祸。

张：点会突然之间嫌我地方细㗎？年年都帮衬开我嘅嚡？

马：系，不过今年公司话想换个大啲嘅地方。

张：……我明白啦，怕唔系嫌我地方细，（指北顺）系佢嗰边嘅地方大，系唔系呀？

马：唔系嘅，不过有啲人想话换吓口味，所以我叫佢地都开咗张菜单，攞番去俾公司拣吓！

张：佢嗰张菜单俾我睇吓！

（马不得已将北顺菜单交张。

（李胜利地立门口旁观，与小吴互打眼色。）

张：（看菜单，怒）乜嘢话！呢张咁嘅菜单计你百二银一围？起码要百四五文至得呀。吓！嗰只外江佬真系冇谱，蚀本生意都肯做嘅？

马：不过佢讲过系特别计平俾我嘅。

张：特别计平？佢一心同我捣蛋，想抢你单生意去就真。

马：唔啱你又试吓计平啲。

（张为难踌躇。）

李：（见状，忙叫）马先生！马先生！

（马至李前，李一把拉住。）

李：你们要是在我这儿开联欢会，我可以奉送堂会。

马：奉送堂会？

李：联欢会嘑，叫一班乐队来表演一下，那才热闹呢！

吴：我们请的乐队一定是第一流的。

马：（心动）那好极了，我回去跟他们商量一下。

张：（高叫）老马！老马！

（马至张前。）

马：点呀？系唔系你嘅价钱可以减多少？

张：减就系冇得减啦，我地广东人做生意你都知嘅啦，一向老老实实，唔学得嗰啲外江佬把口讲得天花龙凤，等佢攞啲冷气货出来你食，食过就知味道。其实你公司啲同事，多数都系广东人，食我地嘅广东菜比较对胃口，咁多年帮衬我地，从来都未试过有人话唔满意嘅。今次如果你换咗北方菜俾佢地食，如果佢地食过话唔好梗怨死你，你话系唔系？你都系唔好听嗰个外江佬车天车地，一于帮衬我啦！

（马动摇。）

李：（忙叫）马先生！马先生！

（马至李前，疲于奔命。）

李：你们公司里说英文的人多，一定喜欢听欧西流行歌曲。现在香港的第一流歌星，我有路子可以请得到，我准定请两位来参加表演。

马：（大喜）真的？

李：（拍胸脯）包在我身上！

吴：包管叫你满意。

马：我回去告诉他们一定欢迎。

李：好，那么我等你的信儿。

（马扬手作别。

（马经张前强笑点头去。）

张：（知无望，喃喃地）死外江佬！

李：你骂谁？

张：闹边个？闹嗰啲情愿蚀本来抢生意嘅死外江佬。

李：你怎么知道我蚀本？千做万做蚀本不做。

张：咁都唔蚀本？百五银一围嘅菜卖百二，仲送堂会，请歌星。我睇你呀，连老婆蚀埋都有份呀。

李：笑话！生意各有各做，我是图个下次生意！

张：仲有下次生意？等出年人地再开联欢会嗰阵，你开铺头都怕老早就执笠啰。

（唾地，入店。）

F.O.

第八场

景：酒家连街道

时：日

人：张、李、吴、马、赵太、光仔、明仔、蛇仔、阿冯、歌星、司机、侍者、厨师、路人

F.I.

（北顺楼门口悬有美亚公司宴客大花牌。

（街上挤满人看热闹，人丛中开来一汽车。

（小吴挤上前代开车门，二歌星下车，李鞠躬迎入。

（众仍不散，挤门外踮脚看。

（张由南兴出，亦杂人群中看。

（店内乐声悠扬，李、吴出，散啤酒卡。）

吴：（每人派一张）凭券免费喝啤酒一瓶。

李：（边派边说）今天对不起，我们这儿包给美亚公司开联欢会，改天请过来便饭，凭这张赠券到小店来吃饭免费喝啤酒一瓶。

（李派卡来至张前，顺手也派一卡给张。张正伸手欲取，李发现是张，即刻收回。

（李瞪张一眼走开。

（张灵机一动，忙挤出人丛。

（张来至南兴隔壁小士多，跟老板娘说。）

张：赵太，唔该你同我去北顺楼度攞张啤酒卡。

赵太：乜嘢啤酒卡？几钱一张㗎？

张：唔使钱嘅，（给一元赵太太）呢啲系我请你饮茶嘅。（并向赵太太耳语。赵太太会意走）

（张来至擦鞋童处。）

张：（向擦鞋童）喂！你快啲同我去攞张啤酒卡。（予一元，并耳语）

（擦鞋童去。）

张：（向二抹车青年）明仔、蛇仔，快啲去攞啤酒卡，我请你地饮茶。

（各予一元，并耳语）

（二青年出。）

张：（向水果摊老板）喂，阿冯，北顺楼有啤酒送，唔使钱有啤酒饮，快啲去攞卡啦。

冯：真系？（急出）

张：个酒鬼悭番我一文添！（回店）

（张回入南兴。隔玻璃见张在内与侍役们说话，侍者们纷纷剥下号衣，张入厨。

（侍者们脱号衣后出店奔至北顺加入人丛领卡。

（南兴门口，见二厨子脱围裙相继奔出大门，走向北顺。

（张跟出，望着北顺微笑。）

D.O.

第九场

景：北顺楼内

时：日

人：李、吴、清、阿冯、明仔、蛇仔、光仔、赵太、南兴侍者、茶房、顾客

D.I.

（北顺楼内，赵太太、明仔、蛇仔、光仔、阿冯、南兴侍者，及各色人等坐满一堂。

（李入。吴迎上。）

吴：老板，你看今天生意多好。

李：（目光一扫，满意地）唔！看样子今天也许有希望卖个满堂。

吴：我这个主意不错吧，白喝啤酒还不就顺便在这儿吃饭？

（李微笑点头巡视各座。

（镜头跟每张桌上一人一瓶啤酒，客人手上一张报纸，大有坐着不走之意。）

李：（脸上显得不很自然，对吴）这些客人怎么都没有叫菜，每人都是一瓶啤酒？

吴：吃饭时候还没有到啦！

李：我看情形不大对。

（O.S. 明仔等争论，李、吴回头望。

（明仔、蛇仔与冯同桌。）

明仔：啲啤酒都唔好饮嘅，梗系次货来嘅。

蛇仔：咋，你仲惊会蚀底去咩，唔使出钱仲有一文揼。

（李注意。）

冯：有一文揼？

明仔：系呀，南兴个老板肥佬张俾嘅吗！

冯：肥佬张俾你地一文？

蛇仔：系呀，乜冇俾你咩？

（李、吴更注意。）

冯：冇俾我喎！

明仔：佢俾咗我地一文至叫我地来攞卡㗎，仲叫我地坐到夜至番去呀！

（李怒视吴，吴不敢出声。）

冯：咁个肥佬张够唔系啦，做乜我冇一文㗎？（起向另桌擦鞋童）光仔，肥佬张有冇俾一文你？

（擦鞋童点头。）

冯：（向另桌赵太太）赵太，你有冇攞到一文？

（赵太太点头。

（冯一路向各桌问去，镜头摇至李与吴。）

吴：（苦着脸）原来这些人都是南兴的老张花钱雇来的！

李：他妈的，这个广东胖子尽跟我捣乱，气死我啦。

（李气愤愤走出，吴回头一望。

（张清文衣卫生帮办制服入。

（吴急迎上，与清低声说了二句。吴至李前。）

吴：（向气愤愤的李低声）李老板，卫生局的帮办找您有事。

李：（在火头上，大声地）什么帮办？

（吴急止住李，向外一指。

（李看清楚是卫生局帮办急忙走前。）

李：（向清）请坐请坐，贵姓？

清：小姓张！

李：张帮办，请坐，请吃点点心。（向吴颔首示意）

清：唔使客气，我系来调查一件事嘅。

李：什么事？

清：揄日有间美亚公司系唔系响你呢处开联欢会宴客呀？

李：是啊，昨天这儿热闹极了，每个客人都很满意，都说我这儿的菜好。

清：系咩？不过有几个人响你呢处食咗嘢番去，又吐又泻嚡！

李：哦？

清：佢地思疑或者系响你处食咗唔干净嘅嘢。

李：不会，不会，那绝对不是在我们这儿吃的，我们自从开张到现在从来没有人吃坏过肚子。

清：（持笔与簿记录）咁你间铺头开张有几年呀？

李：开了……唔……八天。

清：（正色写下）唔该你带我去厨房检查一吓。

李：是，是，我们的厨房完全现代化，有最新式的卫生设备，欢迎参观。

（李引清入厨房。）

C.O.

第十场

景：北顺楼厨房

时：日

人：李，清，厨师数人

C.I.

（李引清入厨，带着宗教性的神色，带着清看崭新烁亮的锅灶，水池，冰箱等。）

清：我要睇吓你地嘅猪油。

李：在这儿。（带清来至贮油处）猪油、生油、酱油等。

（清一一细视，并记录之。）

李：这是我们的冷藏库。（命厨役）打开给张帮办看。

（厨役开冷藏库取大块肉示清，为冷气侵袭，喷嚏。）

李：（责厨役）怎么这么不小心乱打喷嚏，多么不卫生，下次记住戴口罩！

（清检查冷藏库内肉类、鱼虾等一一记下。

（李引清来至二大缸前揭缸盖示清。）

李：请看看我们的螃蟹多新鲜，每一个都是活生生的。（自大缸中牵绳捞出一只置地下牵它走，它爬不动）他妈的，你怎么不走啦？偏偏今天泄气，连你也跟我作对。走啊，走啊！

（清失笑，向缸内望望记下一二字，揣起记事簿与笔，向李点点头，去。

（李拭汗，向方才的蟹恨恨地看一眼。）

李：（向厨役）做蟹粉！（出）

D.O.

第十一场

景：南兴酒家内

时：日

人：张、清、侍者、顾客

D.I.

(张在店内巡视。清入。)

清：(来至张身旁) 爸爸！

张：阿清，响边处嚟呀？

清：正话去隔离北顺楼检查嚟。

张：(喜) 点呀，系唔系有人告佢唔清洁呀？

清：(点头) 有八个人响佢度食咗嘢又吐又泻嗬。

张：咁点呀？关唔关佢铺头事呀？

清：佢间铺头仲干净过呢处呀，嗰几个人都唔知响边处食错嘢啫。

张：(摇头闭口长吁，向侍者) 我地阿清一向就系咁嘅脾性，乜嘢都系公事公办。

(张走开。清跟上。)

清：爸爸，你今日几点钟番屋企呀？

张：就番嘅啦，做乜嘢呀？

清：乜你唔记得咗咯咩，你叫我今晚带个女朋友去屋企见你嘅嘛！

张：(点头) 系，(忽想起) 你个女朋友系边度人嚟㗎？

清：爸爸做乜你又提呢啲？我女朋友求其人品好唔系得咯，理佢系边度人呢？

张：咦！你咁讲法，唔通佢系外江女？

清：(嗫嚅) 唔……唔系，我不过觉得我地唔应该有呢啲偏见啫。

张：事关我最憎外江佬，尤其俾北顺楼嗰个外江佬抢咗我生意之后，提起外江佬就嬲。如果你个女朋友系外江女仔就唔驶带佢嚟见我都得啦。

清：唔系……唔系，佢系广东人嚟嘅。

张：唔系外江女就得啦。（抬头一望）

（钟指六点。）

张：咦！乜已经六点钟嘅啦。（忙穿长衫）

清：爸爸去边处呀？

张：一日都系同你讲嘢讲到过晒钟都唔知。

清：乜嘢事咁紧张呀？

（张不及回答，一阵风赶出。）

侍者：老板日日呢个时候就要赶番去听收音机㗎。

清：哦！我仲以为有乜嘢紧要事添……（向侍者）阿王，攞几个萝卜糕俾我！

侍者：好！（入厨）

清：（叫住）喂，唔好用有铺头招牌嗰啲盒载，用第二啲冇招牌嘅白纸包住就得喇。

侍者：（茫然）好。（走入厨房）

D.O.

第十二场

景：电台

时：夜

人：曼，清，电台工作人员，青年数人

D.I.

(电台招牌。)

Diss.

(播音室外——清持萝卜糕匆匆入。

(见曼与数青年正准备入播音室。)

清：曼玲！

曼：(迎上) 怎么这么早就来接我？我还没上去呢！

清：咁就啱晒啦，我成日都想嚟睇你播音。

曼：这是什么？(指清手中纸包)

清：萝卜糕！

曼：送给我吃？

清：唔系，一阵我先至话俾你知。

技术人员：(自播音室内出) 李小姐！

曼：(向他点头，转向一青年听众改操粤语) 就开始啦，我先答你嘅问题，大致就照我地头先演习咁样就得啦！

青年：我惊讲唔出。

曼：唔好咁紧张就得嘅啦。(夺下青年手中札记) 唔好要呢啲啦，纸声听到㗎！(拉青年入)

(清来至玻璃外望向播音室。

(隔玻璃见曼安慰该青年，笑着拍拍该青年肩膀。

(清反应。

(电台职员看钟，举起手指。)

曼：(开始播音) 各位听众，本电台每日半点钟嘅“寂寞的心”节目而家又开始啦。首先我地系同黄树棠君研究佢所提出嘅问题。黄先生，请你讲一讲你嘅问题先。

黄：我今年廿二岁，五呎三吋高，咁样发育算唔算正常呢？

曼：高矮同发育正常系冇关系嘅！

黄：唔系呀，我总觉得我自己唔够高，所以成日都冇勇气去识女朋友。

曼：呢啲系你有自卑感啫，你首先要抛开呢啲心理至得。你知唔知世界名人拿破仑只得五呎二吋高，你仲高过佢一吋，而且所有嘅小姐唔一定个个都系盲目崇拜啲高佬嚟。

黄：咁如果女朋友高过我，一齐行街都系唔似样㗎！

曼：你可以揾同你身材差唔多嘅女朋友唔系得咯。其实你都唔算矮，我唔着高踭鞋，同你一样高。（脱鞋与黄并肩比，黄受宠若惊）

（清反应。

（隔玻璃窗见曼置手黄肩娓娓谈，时作媚笑。

（清焦急。）

D.O.

第十三场

景：张家客室、厨房

时：夜

人：张、张太、佩、清、曼、女佣

D.I.

（收音机拉开，张在收听“寂寞的心”节目，张太太织绒线，佩打字。）

O.S.曼：……至于你父母因为你有勇气去结交女朋友，所以要介绍一位小姐你识，系一个好合理嘅办法。

张：（为佩打字的声所嘈，听不清，回头高叫）阿佩，唔好嘈！

（佩不服气地停止打字。）

O.S.曼：你唔可以武断你父母介绍女朋友你识就系父母之命，媒妁之言。你应该要同你父母介绍，俾你嘅女朋友互相观察，经过一段长时期嘅彼此仔细了解，睇吓对方嘅个性脾气，教育程度，合唔合得埋咁至啱。你应该知道父母年纪比你大，人生经验比你丰富，应该尽量采用父母嘅意见，而且你要明白，你父母完全系为你打算……

张：（不禁赞好）阿佩，你快啲嚟听吓，讲得认真好嘢，认真有道理……

佩：喂……我系佩明……乜你仲未有去睇咩？今日最后一天啦……呀！已经睇咗……我睇咗五次……我最中意第一支（哼歌）……唔系，你讲嗰支系响海边唱嘅……（争执）系唎，点会唔系啫，我唱俾你听啦！（哼另一支歌）

（佩声浪大，张无法听到曼的声音。）

张：（大声地）阿佩，唔好嘈！

（佩停止哼歌，回头望张。）

张：叫你嚟听嘢又唔听，仲响电话处叽哩咕噜唱歌，好嘢唔学，一日到黑同埋啲同学去睇戏，唱埋晒啲阿飞歌……

佩：（嫌张唠苏）好啦，好啦！（向电话）我一阵再打俾你啦！（挂断）

张：等你唔嘈，佢已经讲完咗啦！（关收音机）

佩：（指收音机）唔通佢讲嗰啲系圣旨嚟咩，又唔比打字，又唔准听电话，仲要监人听……

张：睇你刁蛮成咁样。佢讲嗰啲嘢，叫你听，对你系有好处㗎！真系越大越唔听话。

张太：（解围）好了！好了！开饭啦，一阵阿清要带女朋友嚟。（高叫）阿四开饭！

Diss.

（饭后，女佣收拾好餐台，二老在休息，佩在打字。

（门铃响，佩近门，往开，张太太止之，抢往开门。

（门间，清偕曼入。）

清：妈妈，（指曼）呢位系李小姐。（指张太太）我妈妈。

曼：（很有礼的）伯母！

清：（介绍）我爸爸、妹妹！

曼：老伯，张小姐！

张太：请坐，请坐！

曼：听阿清话，老伯最中意食萝卜糕，所以今日特登做咗啲萝卜糕拎来孝敬老伯、伯母。（交纸包给张太太）

张太：乜李小姐萝卜糕都识整呀？真系叻啦！

曼：整得唔好！

张：唔使客气咯，而家啲女仔剩系肯自己落厨房做点心已经万二分难得咯！（望望佩）

（佩不悦。

（张拆开纸包取食。）

张太：哗！乜你咁㗎，你想食，等我煎咗先至食呀！

（张很紧张地止住各人声张——全体静寂。）

张：（摇头闭目，作专家品题状）吓！好嘢！整得好味道，简直同我铺头做嘅一式一样！

佩：爸爸都唔知丑嘅，自己话自己铺头啲嘢好食喎！

张：使乜讲，我南兴酒家啲萝卜糕系出名嘅啦。李小姐居然能够整得一样咁好味道，真系架势！阿佩，你要同李小姐学吓至得，人地李小姐几能干！

（佩有愠色。）

张太：李小姐，唔啱你嚟教我地做萝卜糕，好唔好呀？

曼：（吃惊）唔得！我乱咁嚟嘅啫。

张太：做得咁好，仲使乜客气呀！

张：（突然地）吓！李小姐好面熟，好似响边处见过嘅？

曼：系咩？忽然间想唔起啦。

张：（继续吃糕，向妻）认真好味，你一定要叫李小姐教你点做至得，阿佩都可以学吓！

张太：李小姐，来来！（引路入厨）

（曼惊。清欲阻止。）

清：妈，李小姐第一次嚟就叫人落厨房，咁点得㗎？

张太：怕乜嘢？一次生，两次熟啦嘛！（细声）就嚟做自己人咯！

（径入厨）

佩：（低声）做乜咁快趣就心痛啦，又想认叻，又想摆小姐架子点得㗎！

（O.S. 张太太叫佩入，佩入厨。

（清与曼交换一瞥，无奈，跟入厨。曼走不数步，回身取手提包在手，然后入厨去。

（厨内——女佣在洗碗，张太太领佩、清、曼入。）

佣：太太，做乜嘢呀？

张太：我地请李小姐做萝卜糕！

佣：做萝卜糕？（愕然）

张太：得啦。（取出一大篮萝卜，向曼）先将啲萝卜点呀？

曼：（无奈，硬着头皮）洗干净先！

张太：（立即动手）阿四、阿佩，帮手洗萝卜！

（曼也只好加入。四女同洗萝卜，笑料百出，女佣啼笑皆非。）

清：（慌乱地）使唔使我帮手呀？

曼：你帮手批萝卜啦！（一面说，一面以眼色询清如何办）

清：（一面削，一面提醒曼）使唔使米粉㗎？

曼：呀！……（望清，清猛向她打眼色）……当然要啦！

清：屋企好似冇米粉嗜！

张太：有，响架处嚟，等我攞。（拭手）

（清一望身旁架上，真有一小袋米粉，忙取之藏怀内。）

张太：（在架上找）咦！啲米粉呢？点解唔见咗㗎？

清：既然冇米粉，唔啱第日再做啦！

张太：做乜冇呀？阿四，今朝早我攞番嚟啯啲米粉呢？

佣：我同你挤咗落罐度。

（清呆然。

（张太太由铁罐内取出米粉。

（清即借故解开张太太取出之布袋细视。）

清：哎吔，呢啲米粉有虫嘅！

张太：乱讲，今早至攞番嚟，点会有虫？

清：系唎，呢呢，啱啱见到一只虫。

佩：喂！我地呢处唔使你呢个卫生局帮办嚟检查卫生呀！

张太：如果嫌我地唔卫生，唔啱你一阵间咪食呀！

佩：走，走！（猛推清）

（清怀中米粉袋落地，泼翻裤脚皮鞋上。

（各人愕然。）

张太：做乜你身处有米粉㗎？

佩：系咯！（用异样的眼光望清）

清：（支吾）呢个，呢个……（自拍裤，鞋）

曼：（代掩饰）呢啲唔系你检查嗰间酒家攞番去做证据嘅咩？

清：系系，挤咗落身度，一吓就唔记得咗添！

佩：睇吓你几论尽。

（阿四取扫帚扫地。）

曼：（向清）呢处唔使你帮手啦！

张太：系咯！出去啦，出去陪你爸爸，等住食萝卜糕啦。

（清、曼相向苦笑。

（清出。）

Diss.

（客室内——清伴张坐。）

张：阿清，呢位李小姐人品唔错，又识得落厨房，第日娶番来，一定系贤妻良母。你见过李小姐父母未呀？

清：仲未，约咗后日去李小姐屋企。

张：你几大要拍吓佢两老嘅马屁至得，一有机会即刻提婚事，越快越好。

清：爸爸好中意李小姐？

张：中意到极，而家咁嘅时势，边处仲揾得到咁嘅新抱呀。我地广东人，一定要娶番一个好似李小姐咁样嘅广东老婆至得。

清：（废然）咁如果佢唔系广东人，你就唔中意佢咯嘈？

张：佢唔系广东人？笑话啦！唔通外江女会识得整咁靓嘅萝卜糕

咩？（拈食）

张太：（探头入）唔好食呢啲啦，就有新鲜嘅食啦！

（清恐慌。

（张摩拳擦掌，准备大吃，起，挪椅。

（女佣入，摆碗筷。）

张：（向清）嚟嚟！

清：（微弱地）我唔饿！

张：（瞪他一眼）唔饿都要食啲㗎！

（张太太、佩各端一盘热腾腾的糕入，曼随。

（张已举筷大吃。

（清如将判死刑。

（曼紧张地强笑。）

张太：试吓！（夹一块给清）

（清初试而不知其味，渐渐脸上现出惊奇的微笑。）

张：好嘢，仲好过头先嗰啲。

张太：冻嘅梗冇热嘅好食啦！

（清、曼相视而笑，均拭汗。

（曼开手袋取粉盒补粉，见清向曼作询问的眼光，曼示意清注意手袋。

（手袋内，有一本《如何做萝卜糕》的书。

（清恍悟。）

张：（向佩）咪一味识得食，第二次要你整比我食，知唔知？

曼：其实好容易整嘅，第日妹妹一定整得好过我。

（佩不示可否。）

F.O.

第十四场

景：姻缘道

时：夜

人：清，曼，情人数对

F.I.

(清、曼同行。)

清：总算过咗一关，我爸爸对你印象非常好。

曼：可是，他总有一天知道我不是广东人的。

清：迟吓，等爸爸同你有咗感情，嗰阵就算佢知道你唔系广东人都唔紧要咯！

曼：不要再说广东话啦！

清：(改说国语）对不起，忘了！

曼：明天这一关不容易过，我父亲的成见比你父亲更深。

清：而且我的国语没有你的广东话好，不容易充过去！

曼：这是你没有机会练习的关系。

(二人纳闷经过一块大石。)

清：这是我们的石头。

曼：(矫正发音）石头！

清：石头！

(二人坐石上。)

曼：我再也忘不了那天我们一起坐在这儿看日头出来。

清：什么日头？

曼：日头就是太阳。

清：日头。

曼：广东人学国语，这几个字总是闹不清：日头，石头，舌头。

清：易头，刁头，鞋头。

曼：跟我念，（指）天上的日头，地下的石头，（伸舌）嘴里的舌头！

清：（看得出神）你个样真系得意！

曼：还不好好地学？天上的日头，地下的石头，嘴里的舌头！

（二人同声念，起行，相挽走远，念诵声渐近。）

D.O.

第十五场

景：李家厅房

时：日（下午一点至二点）

人：曼、焕、李太、女佣

D.I.

（曼忙乱地布置客厅，桌上放满糖果、北方小食、臭豆腐。

（李太太在一旁看得奇怪。）

曼：妈，爸爸爱吃龙井还是香片？

李太：龙井，你今天怎么啦？

（曼但笑不答，撮茶叶入玻璃盅冲茶。

（门铃响。）

曼：爸爸回来啦！

（李太太开门。

（焕手提药箱入。）

李太：今天怎么这么早回家？

焕：今天看病的人不多。

（焕看见桌上零食，放下药箱走前去取食。）

曼：（见状即上前阻止）嗳，哥哥，这是我特为爸爸买的，别都吃光了！

焕：你今天怎么忽然这么孝顺爸爸？

曼：谁像你？

（焕继续吃。）

曼：妈，你看哥哥！（夺盘）好了，留点给爸爸！

焕：你这么拍爸爸的马屁，一定有缘故。等爸爸回来，我叫他当心点。

曼：你敢！

（O.S. 电话铃。李太太出听。）

O.S. 李太：（隐约地）喂！……嗳！李医生在家。（高声）焕襄，电话！

（焕出。

（曼忙整理报纸，叠好放在沙发椅旁，拍拍椅上靠枕，又看看钟。

（焕回，取医生皮包。）

曼：又要出诊？

（焕点头，携皮包出。曼继续准备，取眼镜盒置沙发椅边。）

C.O.

第十六场

景：酒家连街道

时：日

人：李、张、吴、侍者、路人

C.I.

（李自北顺楼出，沿街走出视线。

（少顷，吴穿便装，自同一门中出。张匿另一门洞中见吴出。）

张：嗳！吴先生，吴先生！

吴：有什么事吗？

张：请过来我嗰边饮杯茶。

吴：干吗这么客气，张老板？

张：我好耐就想请你饮茶，同你倾吓嘅啦，总系有机会，事关我非常佩服吴先生你嘅才干。

吴：哪里，哪里！

张：边个唔知成间北顺楼，就靠你老兄一个人嘅啫。

吴：哪里，哪里！

张：嚟，去我嗰便饮茶！

（拉吴入南兴。）

C.O.

第十七场

景：李家厅房

时：日

人：李、清、曼、李太、女佣

C.I.

（曼开门迎李入，为李脱上衣，拉李坐下，为李换拖鞋。李奇怪曼过分服务周到。

（曼携上衣入内室。李急来至盆栽处，取水壶浇之。

（李数盆栽内叶子，发觉多了一片，大喜。

（曼捧茶入。）

曼：爸爸，喝茶！

李：（高兴地）曼玲，今天又多长了一片叶子！（指盆栽）

曼：那太好了，我来替你浇水。（将茶放几上，来至盆栽前，欲取水壶。李急阻止）

李：嗳……谢谢你，别浇，我刚浇过。

（曼很听话地停手站一旁。）

李：（指着盆栽，高兴地对曼）刚买回来的时候，才八片叶子，现在已经有十六片了，长的真快！

（李走向沙发处坐下，戴眼镜，取晚报。

（曼递上臭豆腐。）

曼：爸爸，你最喜欢吃的臭豆腐。

李：（惊喜）嗳！咦！（不经意地拈食，看报）

（O.S. 电话铃响。曼紧张跑到门口，电话已有人接。）

曼：爸爸，你的电话。

李：是谁打来的？

（李太太入。）

李太：饭馆里打来的。

（李出。）

曼：妈，你去换件衣裳。

李太：（自顾，拉衣）怎么啦？

曼：一会儿有人来。

李太：什么人？……哦，我知道，你的男朋友，是不是？

曼：妈，他说先别告诉爸爸他是卫生局帮办。

李太：为什么？卫生局帮办也是正当的职业。

曼：他是因为开饭馆的归卫生局管，爸爸知道了就不能不特别敷衍他。

李太：他这态度倒是很好。

（门铃响。）

曼：（拉李太太入内室）妈，快去换衣裳！

（女佣入。）

佣：小姐，有一位张先生来找你。（引清入）

曼：坐！（让坐）

（女佣出。清、曼相视微笑，清以手势告诉曼心情紧张，曼示意镇定。

（内室。李太太易衣、鞋。李怒冲冲入。）

李：岂有此理，小吴不干了，让那家广东馆子把他挖去了。

李太：哦，就是那间南兴酒家？

李：可不是那个广东胖子，上次雇人白吃我们啤酒的是他，这会儿挖我们的领班啦！工钱加三成，年底双薪，还要送一层唐楼给小吴，这还不让他挖去？

李太：送一层楼？这可不得了，出手好大！

李：那个广东胖子平常啬吝极了，现在是存心跟我捣蛋！

李太：那现在小吴比我们强，住自己的屋子啦！

李：这些广东人真欺负人，我们北方人到香港来，不知道吃了他们多少亏！

（曼入。）

曼：爸爸，张清文来了半天了，你们怎么老不出去？

（李茫然。）

李太：是曼玲的男朋友，等着见你呢！

李：（对曼）我告诉你，交朋友可得小心，千万别跟广东人来往，这些广东人没有一个好东西！

（母女互视，不知说什么好。）

曼：（软弱地）谁说他是广东人来着！

李太：（对李）别发脾气了，收拾收拾出去见客。（代整领花）

（李照镜，穿上衣，曼代李太太掠发戴耳环。

（客室——清紧张地坐候，无聊地摘下一片叶子，再等一会又摘下一片，心虚地四顾室外，将摘下的七八片叶子放回盆中。

（李夫妇偕女入。

（清急忙起立，一见李已吃惊——因李已见过清。）

曼：这是我爸爸妈妈。

清：（广东官话上阵）老伯，伯母！

李太：请坐！

李：（注视清）这位……

李太：（代答）张先生！

（李注视清，思索，再打量清。

（清吃惊。

（曼、李太太也代清紧张。）

清：老伯……

李：你……

清：（以为已识穿是广东人）我？……

李：（对李太太）这位张先生很面熟，好像在哪儿见过的。

（清等松口气。）

清：我看老伯也很面熟，（向曼）老伯很像我父亲！

曼：嗳！身量差不多！

李：不会吧，令尊也跟我一样有三百磅重？

李太：（责李）你哪儿有三百磅？二百九十三磅。

李：那是因为这一晌瘦了，太操心，单单给那些广东人气就气瘦啦，咳！生意难做，这些广东人真不是东西！

（清震动，怒。）

李：你贵处？

清：我？……我是广东人。

李：什么？

曼：山东人。

李：哦！山东老乡！

（曼向清怒视。

（清悔，手足无措，又摘下一片叶。

（李一震，心痛皱眉。）

李：府上一直在山东？

曼：他是从小在香港长大的。

李：怪不得他的口音有点特别，刚才他说山东的时候我会听成广东。

清：舌头弯不过来。（舌头说成鞋头）

曼：（急代掩饰）是啊，现在时兴这样的鞋头。（伸出一只脚）

（清自知说错，慌忙中又摘下一片叶。

（李又一震。）

李太：吃糖，吃糖。

清：（拭汗）日头好热。（见李夫妇茫然）易头，天上的易头。

李太：（忙代遮掩）可不是，一头汗。

李：你们说什么？我简直不懂！

（清慌恐，又摘一片叶。

（李又一震。）

清：我的国语说得不好，像嘴里含了石头。

李：什么“西头”？

清：习头，地下的习头。

（李夫妇茫然。）

清：（又恐慌地摘下一片叶）天上的易头，地下的习头，嘴里的鞋头。

李：什么西头，鞋头，一头两头的？

（清大吃惊。）

李：（恍悟）这家伙明明是广东人。

曼：爸爸！

李：（指清）你马上给我滚蛋！

曼：爸爸，你这算什么？

李：你走不走？走不走？

李太：得了，得了！干吗生这么大气？

李：不走我揍你！

曼：你先走吧，等我跟他解释。（推清同出）

李太：你别这么得罪人。

李：得罪他又怎么着？我怕他？

李太：你知道他是谁？

李：管他是谁！我怕了他这混账小子，算我活回去了。

李太：他是卫生局帮办。

（李一时不解，瞪眼望着他。）

李太：下次他来检查，一挑眼，罚你一千八百，看你受得了受不了？

李：该死！你们这些女人，早怎么不说，快请他回来！（赶出高叫）曼玲，曼玲！

（李出门而去。）

李太：（奔出洋台上叫）曼玲，曼玲！（发现李已截住曼与清）

（李太太回入客室。

（李鞠躬如也导清、曼回客室。）

李：你可千万别见怪，胖子血压高性子急，你问我小女，家里都知道我是这脾气，都不理我。

清：（粤语）我啲国语讲得实在太坏，难怪老伯会发脾气嘅！

李：你国语说不好有什么难为情的，我到了香港这么些年，（改说粤语）我嘅广东话成日撞板！

李：（哈哈大笑）请坐！请坐！

清：老伯脾气好爽直，同家父一定倾得埋！

李太：对了，你令尊令堂哪天有空，请他们到舍下来便饭。

清：唔驶客气。伯母，揾一日我请老伯伯母饮茶，同家父家母见吓面啦!

李:(敷衍地)我请客,我请客!

李太:要是将来你跟曼玲成了亲,我们就成亲家啦。假如令尊喜欢曼玲的话,我们也该早日会个面,顺便把你们的亲事当面说说。

清:是!是!

(曼作羞状。)

李:(见盆栽植物成见杆,只剩顶上二三叶,心痛强笑)这棵树我买上当了,半死不活的,剩这么两片叶子,劳驾你索性给我掐了它。

曼:爸爸,你自己不会掐?

李:好,我自己来!(咬牙狠心摘叶)

F.O.

第十八场

景:咖啡馆门外

时:日

人:清、张、张太

F.I.

(清开车载张夫妇至咖啡馆外。)

清:爸爸,你同阿妈入去先,我去泊车。

(张点头,清开车走。

（张夫妇走向咖啡馆。）

C.O.

第十九场

景：咖啡馆内

时：日

人：张、张太、李、李太、曼、清、马、茶房、顾客

C.I.

（咖啡馆内——李夫妇偕曼在一桌坐，桌上放饮料。曼正持粉镜自照，不放心地抚发，向母咕哝了一句，起入盥洗室。

（张夫妇入，未发现曼，在李旁择一桌坐下。

（张一坐下，发现李。

（二人互打一照面，同时回头作不理状。）

张：（以肘推张太太）你睇吓隔离个衰神，就系开北顺楼专门同我斗气嗰个死外江佬。

张太：哦？（回头望李）

李：（以肘推李太太）嗳！看那胖子，就是南兴酒家的张三波。

李太：哦？（望向张）

（二对夫妇目光相接，立即同时回头他顾。）

张：梗系今日出门唔记得择个好时辰，一嚟到呢处就撞见啲衰神！

（张太太怕事，暗示张勿高声。）

李：（听不懂）他说什么？（问李太太，李太太摇头）真讨厌，偏

偏又坐在我们旁边。

李太：我们换张桌子。

李：凭什么要让他？偏不！

（这一边。）

张太：我地换过张台罢啦！

张：做乜嘢呀？笑话！呢处佢嚟得我唔嚟得咩？

张太：唔好咁大声啦！

（侍者来。）

侍：（向张）两位要乜嘢呢？

张：一阵先啦，我地仲要等人。

李：啬刻鬼，想省钱，还不老老实实在自己铺子里吃个一盅两件，一个子儿也不用花。

张：（听见，故意向张太太说）你睇吓个衰神，梗系想响呢处抢啲生意番去做定啦。冇人帮衬，剩系靠到处拉人客，唔拉得到几多个嘅。

李：（正中要害，反击）笑话，自己生意做不过别人，就专门用卑鄙手段跟人捣乱，这种人简直混蛋！

张：（推椅回顾）喂！你讲边个呀？

李：（推椅回顾）说谁？谁混蛋就说谁！

张：啊呀，你闹人！

李：你承认自己混蛋，那就骂你！

（一人一句，争吵开始，茶客注意。

（曼先看见一堆人，不知何事，后发现是张、李二人，大急。）

曼：（急叫）爸爸，你怎么啦，这位就是清文的父亲！

李：啊！？

张：(向张太太）做乜阿清个女朋友国语讲得咁好嘅？（突然想起）佢叫佢做爸爸！（颤抖地指曼）吓，真系估唔到原来佢系外江女嚟！

李：好家伙，把我的领班挖了去，又想来计算我女儿，你究竟存的什么心眼？

张：仲好讲，你个衰佬冒充广东女仔来呃我，争啲上佢当！

(二老大吵，曼不知所措，二位太太设法劝解，不获。

(清来，见状大惊。)

曼：清文，你看他们一见面就吵起来！

清：佢地为乜事会吵嘿？

张：(发现清）阿清，埋来。(清走近）你个衰仔，竟然串通呢个衰女，夹硬话佢系广东女仔嚟呃爸爸妈妈！

清：爸爸，你听我讲。

张：唔使讲，我点都唔俾你娶呢啲咁嘅外江女做老婆嘅啦。(手直指向李）

李：(怒，向李太太）你看，多丢人！好像我的女儿嫁不出去似的。曼玲，马上跟我回去！（拉曼）

曼：(哭）妈，你看爸爸！

李太：(向曼）我们先回去再说。

(曼反坐下痛哭。)

李：(向李太太）你看你养出这种女儿，简直丢脸！

李太：女儿是我一个人的？

清：(过来劝曼）曼玲，曼玲！

(曼不理。)

张：阿清，我唔准你行埋去个狐狸精处，快啲行番埋嚟。

李：什么？你骂我的女儿狐狸精！

张：唔系咩，你啲外江佬冇一个好人！

（二老越吵越厉害，侍者与经理来劝，一概无效。茶客团团围住看热闹，反而将来劝架的侍者等推开。

（另一边。）

清：阿妈，你去劝吓爸爸，拉佢番去先啦！

张太：你睇吓佢地两个风头火势，点劝得掂㗎？

（曼仍在哭。）

李太：（尴尬地四顾，推曼低声）别哭了！

清：（忽然想起，向张太太）阿妈，同我去揾马正伦世伯嚟劝吓，或者劝得掂。

张太：系嚅，我地即刻去。

（清、张太太回身走。

（清又回至曼身旁。）

清：（拖曼起）我送你番去！（向李太太）伯母，我地一齐走先啦。

（清同张太太，李太太母女同出。

（这一边，二老吵得正热闹，不知清等已走。）

张：你惊唔系你个女冇人吼咩！夹硬呃我个仔娶你个女做老婆，啲外江佬真系唔知丑！

李：你在做梦，我的女儿肯给你做媳妇？你也配！

张：咁你个女驶乜咁巴闭呀？自己送上门来见公婆，第一次嚟我屋企，就落厨房整萝卜糕我食！

李：我女儿做萝卜糕给你吃？笑话，我的女儿连萝卜怎么切法都不会，你完全胡说八道！

张：真系有其父必有其女，你做老豆，连自己个女响外便做咗啲

乜嘢事你都会唔知嘅，（摇头）呢啲咁嘅外江女真系好人有限了！（回身便走）

（李立即上前抓住张后领。）

李：你不要走！

张：（回头）你想点呀？

李：你侮辱我女儿，我要跟你评评理，你说什么我女儿“好人有限”呀？

张：费事晒气呀，冇你咁得闲！（反手欲推开李手）

（不料李一个站脚不稳，倒退而出。

（李倒退跌在一桌上，桌倒下，桌上东西全部打碎。）

张：（得意）乜咁曳㗎，轻轻推吓都会跌嘅。

侍：（缠住李）喂，打烂晒啲嘢，快啲赔钱！

李：算我的好啦！（由身上取出数百元交侍者）待会儿一起结账！

（侍者一放手，李直奔向张。）

李：（追至张前）好小子，你打人！

（李向张再打一拳，张一手将拳格开。）

张：咪郁手！我话你听，你唔系我手脚㗎，我食过八年夜粥，学过几度黄飞鸿散手，一吓错手打伤咗你，嗰阵骨都冇得你断！

李：管你什么黄飞鸿！

（李一使劲，脚下一滑，跌地。

（张笑，欲扬长而去，李翻身抓住张长衫尾。

（张力挣不脱。

（李一放手。

（张跌了个狗吃屎，撞倒桌子，打碎东西。

（李立即起身。

（看客鼓掌叫好。）

侍：（立张身旁记账）碟两只，三个半，糖盅一只，两文！

张：系佢打低我嘅，计佢数！（指李）

李：（得意洋洋）我这是以退为进的回马枪，现在知道我厉害了吧！

张：（起身）你暗箭伤人，唔算得英雄！

李：好，再来，再来决一次高下！

张：唔通我啲黄飞鸿人马使惊你咩？（摆一招式）嚟啦！

李：什么黄飞鸿不黄飞鸿，我是太极派，先让你三招！（也摆一招式）

（二人装模作样，你来我往地圆圈，谁也不敢碰谁。

（吃客们兴趣浓厚，纷纷叫“让开让开，咪阻住”。

（一部分还在旁呐喊助威。

（二人作状了一会，渐渐走近，略一交手，二人都有点怕，同时退后。

（二人又你来我往。）

客甲：我看广东胖子不行！

客乙：我话个外江佬唔得！

客甲：我跟你赌十块！

客乙：好呀！佢地两个边个先跌落地算边个输呀！

客甲：好呀！

（二人各掏出十元，其他吃客跟着下注。

（李、张二人看着心寒。

（赌注已很多，一份赌李输，一份赌张输。

（吃客们呐喊使二人交手。）

李：（被迫大叫一声）着！（使差了劲，栽倒池边桌上，打碎碗盏，脸埋在一块蛋糕上）

侍：(记下) 茶壶六文，茶杯两只连碟，两个四！

(李一回头，满脸奶油。

(张得意。

(买张赢的吃客，纷纷收钱。

(输的不服气，再下注。)

张：(自己由袋内掏出十元) 我买我自己赢！ (下注)

(李取起另一桌上一盘意大利粉直奔张。

(张在看吃客下注，被李一盘意大利粉向脸上盖来，满脸是粉汁。

(吃客们加注买李胜。

(张大怒，举拳向李打来。

(张脚下踏着粉，一滑冲向李，李将张一推，张倒地连撞二三张桌子。

(侍者记账。

(吃客们下注李胜的收钱。)

张：(起身) 你乘人不备，又累我输十皮，同你博过！ (打李)

(二人打作一团。

(全部滑稽打斗。

(清拉马正伦匆匆赶至。

(二老始终扭着一团，难解难分。)

清：世伯，你睇咁点搞？

(马急忙上前，欲拉开二老。

(二老不肯罢休，反将马夹在中间。)

D.O.

第二十场

景：李家

时：夜

人：李、李太、曼、焕

D.I.

（焕代李贴橡皮膏，绑绷带毕。曼焦急地旁观。李太太扶李躺下。）

李太：（摇头叹气）这真是打哪儿说起！

（焕收拾器械绷带等放回皮包内行出，曼代提皮包，跟入焕卧室。

（焕松领带倒床上。）

曼：哥哥！

焕：爸爸不要紧的，休息两三天就没事了！

曼：我说的不是这个，我想清文父亲的伤势一定也不轻！

焕：管他呢！（呵欠，拨闹钟）累死了，明天又得起早上医院……

曼：哥哥，我现在真为难，爸爸打伤了张清文的父亲，叫我以后怎么做人？

焕：去问你的男朋友去，别问我。

曼：哥哥……

焕：明儿见！（举手关灯）

曼：（捻开灯）哥哥，我求你答应我一件事，好不好？

焕：明儿再商量吧！（呵欠）

曼：哥哥，我求你看看清文的父亲好不好？

焕：好，明儿去！

曼：不！（拖他起）现在就去！

焕：现在就去？这么晚啦！

曼：我怕多拖一天，清文父亲的伤重了，那就更影响我跟清文的婚事了。你马上就去一趟吧！

焕：（摇头）你真是等不及要嫁出去？

曼：（递皮包到他手中）你去一趟去瞧瞧嘛，要是他父亲伤不重，我也好放心啦！（将一纸条塞焕上衣袋内）这是他们家的地址，石塘道八十三号。（推焕出）别说我叫你去的，就说是马正伦先生介绍来的！

（焕无奈，出门而去。）

D.O.

第二十一场

景：张家

时：夜

人：张、张太、焕

D.I.

（张脸上贴着橡皮膏，在床上半撑起吃萝卜糕。张太太入。）

张太：马先生真系唔话得，请咗个医生嚟睇吓你伤势点嗬！

张：睇我嘅伤势？我驶乜睇呀！

（焕已随张太太入卧室。）

张太：医生贵姓呀？

焕：（睡眼惺忪，不经意地）唔？……（来至张前）哪儿受伤啦？

（焕检视张头、面、眉、臂。）

张：做乜请个外江佬医生呀？鸡同鸭讲都得嘅？

张太：我去揾人来传话。（出）

（焕继续为张检验。）

张：个马正伦都冇解嘅，跌亲吓，擦损啲皮，都使请医生嘅，仲请个外江佬添，攞景咩？

（焕插温度表入张口，止住滔滔言语。

（焕坐沙发，以手撑头，好像在瞌睡。

（张瞪视焕。

（张太太入。）

张太：阿清仲未番，阿佩又出咗街。（背向焕，所以没看见）医生呢？

张：（拉出温度表）佢瞓紧觉呀！（指指沙发上的焕）

（焕闻声即来至张前。）

焕：嗳！你怎么随便拿出来？（接过温度表）算啦！算啦！（看表）你有热度！

张：直情系黄绿医生，跌亲吓边有热度㗎？

张太：咪咁唠苏啦！

（焕取听筒听张心。）

张：啲外江佬医生，我都系唔系几信得过！（将头挤入耳套间，与焕并头同听。）

焕：嗳！到底你是医生，还是我是医生？（听完收起听筒）

张：（坐起向张太太）叫佢扯罢啦！唔使佢睇咯！

（焕以锤击张膝。）

张：哎哟！唔伤都俾你打伤为止！

（焕掀张内衣套张头上，检视胸背，试按乌青。）

焕：痛不痛？痛不痛？

（张大呼。焕收起器械，向萝卜糕瞥了一眼。）

焕：（操蹩脚粤语）你嘅伤唔紧要，不过呢啲油腻嘅嘢，唔好食咁多，会增加你嘅体重，太肥容易血压高，有中风危险，食呢啲嘢唔系好嘅！

张：（大怒）乜嘢话？我铺头啲萝卜糕会食坏人？真系岂有此理！叫你嚟睇症，唔正正经经睇，仲响处指天笃地话我铺头啲点心唔好，快啲扯！

（焕已走出。）

F.O.

第二十二场

景：店家

时：日

人：清

F.I.

（清借电话打。）

清：……马世伯，呢件事我谂来谂去，只有世伯你可以帮忙。你同我爸爸最倾得埋，同曼玲嘅爸爸又系多年老友……我知道佢地误会相当深，不过只要世伯你肯出面调解，佢地一定会俾面你嘅！……呢次无论如何都要请世伯勉为其难至得，如果唔系，我同曼玲嘅婚事就无望啦！……（喜）咁就真系多谢晒你啦，第日我同曼玲一齐来府上向世伯当面道谢……

D.O.

第二十三场

景：李家

时：日

人：李、李太、马

D.I.

（李怒容满面，来回走着。）

李：不行，不行！我无论如何不让曼玲嫁到张家去做媳妇！

（李太太向坐在一旁的马说。）

李太：你看他，还是说不明白。我已经劝过好几次了，他们两个老的有心病，硬要拆散儿女的婚事，你说像话吗？

马：四宝，我劝你看开点吧！这年头儿，你出去打听打听！年轻人谁不是婚姻自主？征求父亲的同意，还是看得起你，给你面子。再说，他们已有了相当的感情，你这时候反对也嫌迟了，难道忍心叫你女儿受这么大的打击？

李太：（指门外）马先生，曼玲已经三天没吃饭了，也没去上班，成天哭，你叫我怎么办？（自己也哭了）

马：你瞧，你就这么一个女儿，怎么不心痛？

（李进退两难，苦思。）

李太：（哭着向李）要是曼玲有什么三长两短，我就跟你拚了！

马：四宝，就算给我一点面子，这件事……

李：好啦！好啦！你们别逼我了，这两天搞得我饭也吃不下。

马：四宝，那就一言为定咯，我马上去约张三波，明天晚上我请客，让你们当面谈谈。看在自己女儿分上，有什么不能解决的问题？

D.O.

第二十四场

景：川扬菜馆

时：夜

人：张、李、马、侍者、顾客

D.I.

（马、张、李同饮。）

马：你们两位真是不打不相识。来，我敬你们一杯，恭喜你们结成儿女亲家。

（三人共饮。）

马：好啦，现在你们该谈谈怎么办喜事啦！

张：都唔使点倾嘅啦，我地广东人娶新抱，最紧要就系倾吓女家送啲乜嘢嫁妆。

李：真巧，我们北方人嫁女儿，最要紧的是商量一下男家下多少聘礼。

张：我地广东人对聘礼好随便嘅啫，不过对于嫁妆就有晒规定，唔可以求求其其㗎！

李：我们北方人，正好相反，嫁妆有没有倒是无所谓，对于聘礼可非常重视，因为这跟男女家双方的体面有关，所以有一定的规矩。

马：噢，那有些什么东西？

张：系咯，不妨讲出来听吓！

（李取出一大张纸，预备宣读。

（马、张看见一大张纸，不禁一呆。）

李：（很隆重地读出）六金六银，金得要十足赤金，金锁片至少五两重，金手镯至少八两，钻石订婚戒指一只，至少四克拉，钻石表一只，珠项圈五串，日本养珠不要，得要珍珠，翡翠别针、耳环、戒指一套，蓝宝别针、耳环、戒指一套，红宝石别针、耳环、戒指一套……

（马、张听得目瞪口呆。）

马：四宝，现在不比从前北方，一切都可以简单一点！

李：这是我们北方的规矩！

张：如果你地北方人娶新抱，一定要落咁多聘礼，有边个娶得起呀？我睇怕你地啲北方人含白冷都系“私生子”都得咯！

李：他妈的，你骂人！

马：三波，呢吓系你唔啱！

张：边个叫佢讲到离晒谱呀！

李：我们北方的规矩是这样的嘛！

张：咁我又听吓你地北方人嫁妆规定要俾啲乜嘢？

李：嫁妆？我早说过，我们北方人对嫁妆倒很随便！

张：我地广东人又唔系嚯，我地嘅嫁妆系有一定规矩喋！

李：要是不照你们的规矩呢？

张：咁你个女就一世俾人睇小。

马：喂，三波，而家时代唔同啦，唔使咁认真嘅……

张：（摆手）我嘅要求好合理嘅，冇佢地外江佬咁离谱。（取出一本小折子，开始念）柚木家俬成套，红木家俬成套，绣花棉被四条，绣花枕头四对……

（李一拉折子另一端，拉出几尺，站起来越拉越长，达丈余。）

张：（继续）绣花夹被两条，绣花帐一幅……

马：（忍无可忍）嗳，三波……三波……

张：（挥手令少安毋躁）呢啲都系湿碎嘢啫，首饰嘅啲响后便……

马：三波，你咁即系想为难女家啫。

李：我嫁完女儿，我还过日子不过？

张：生女本来就系蚀本货嘅啦！

李：你不愿意结这门亲，干脆说不愿意就得了，干吗绕这么大圈了！

（扔下折子往外走）

马：嗳！四宝，四宝！有话好说，这又何必呢？

（李被折子缠住双足，狠命蹬脱走出。）

F.O.

第二十五场

景：李家

时：日

人：李太、曼、焕

F.I.

（焕在看报，李太太在织绒线。

（门铃响，女佣开门，曼入。）

焕：（放下报纸，取笑曼）嗳！你的那位张清文呢？是不是把他藏起来啦！我到现在还没有见过。

曼：人家心里烦死了，你还开玩笑！

焕：（问李太太）怎么？妹妹的婚事，爸爸不是已经同意了吗？

李太：又为了什么嫁妆啦，聘金啦，闹僵了！

焕：这不是叫人笑话我们，就像我们只认得钱！

李太：刚才马先生又来劝，把你爸爸硬拉了去，跟清文的父亲约了在咖啡馆见面再谈！

曼：哦！

李太：这回事真亏了马先生，害人家跑了多少趟！

曼：清文打电话来过没有？

李太：刚才打来的，你还没有回来。

（曼出至穿堂打电话。）

曼：喂！清文在家吗？……（强自镇静）喂！你是张老伯？（那边已挂断。她呆了呆，也拍的挂上电话，抬头见李太太立在门口）

李太：又是他父亲？

曼：（点头）真岂有此理！一听见我声音就挂断了！

李太：（奇怪）咦！怎么他父亲这时候还在家，没上咖啡馆去？

曼：（没好气）谁知道！

李太：难道又出了什么花头？

D.O.

第二十六场

景：咖啡馆

时：日

人：李、马、佩、焕、茶客、侍者

D.I.

（马偕李入，四望，不见张。）

李：广东人真不守时间，这家伙还没有来！我不等他。（回身欲走）

马：（拉住李）等一会好了，这有什么关系。（拉李走向一空桌）

（O.S.“马世伯！”，二人回头望。

（大橱窗前一桌子。佩起身向马招手。）

马：（遥点头，哈腰，诧，向李）那就是张三波的女儿。

李：（怀疑）哦？（同上前）

佩：（向马）世伯！

马：这位是李先生，张小姐！

佩：李老伯！

马：你爸爸呢？

佩：我爸爸有啲唔舒服，唔嚟得，叫我做代表。

（马、李交换一瞥，李有怒意。）

马：你爸爸乜嘢唔舒服？紧唔紧要㗎？

佩：系胃痛，医生叫佢唔好出街！

李：那么改天再约他。

佩：（很凶地）唔使再约第二日啦！我爸爸派我做全权代表同老伯倾嘅，老伯有乜嘢说话，请即管同我讲得喇！

（李犹豫。）

马：（向李）这样也好，坐下谈谈吧！

（李、马坐下。）

佩：（单刀直入，由手袋内取出一张纸看后说）嗰日我爸爸向老伯所提出女家嘅嫁妆问题，唔知老伯同意咗未呢？

李：这个问题，依我看，慢慢再谈好了，我们应该先谈谈聘金问题……

佩：唔得！先解决咗嫁妆，再倾第二啲！

李：你这位小姐怎么这么不讲理！……

佩：（大声地）我话你唔讲理就真！

（李吓一跳。

（马欲阻止佩。）

佩：真系估唔到，你做父母嘅，一啲都唔同你自己个女着想。你个女嫁咗嚟我地度，组织新家庭，难免要置好多嘢，如果你地嘅嫁妆样样齐全，你位小姐一结咗婚，就可以享受家庭嘅幸福。唔通你想你个女一嫁咗嚟我地度就冇幸福咩？

李：（吃慌）不行，不行，小姐，我说不过你，请你等一等，我也要找个代表来跟你谈。（起身走）

马：嗳，四宝！四宝！

（李已走出。）

佩：世伯，我唔得闲等喫，我都扯咯！

马：千祈唔好，你第一次替爸爸做事，点可以冇啲结果㗎？我一定叫佢尽快来，你等我，无论如何唔好走！（赶出）

（佩无奈，坐下。）

Diss.

（三刻钟后，佩坐原处，面前放着两只空杯，靠窗另有三张桌子都坐着人，其中一桌是男女同坐，两张是时髦的少女独坐。

（焕入，打量靠窗座上客，走向佩。）

焕：是不是张小姐？

佩：你系边位？

焕：我是李曼玲的哥哥！

佩：哦？

焕：我可以坐下来吗？

（佩点点头。

（焕见佩艳丽，迷迷糊糊地坐下。）

佩：你揾我有乜嘢事呢？

焕：我父亲叫我来代表他跟你谈谈。

佩：马世伯呢？

焕：他生气不管了！

佩：咁又唔怪得世伯嘅，你爸爸边有咁㗎，倾倾吓唔倾，走咗去都得嘅！

（焕根本没有听见佩说什么，对着佩已晕浪。

（侍者来问要什么。）

焕：（向佩）吃点心吗？

佩：（摇头）唔食咯！我已经等咗你地成个钟头啦！

焕：对不起！（向侍者低声）两杯桔子水。

（焕再呆望佩，出神地。）

佩：（看表）我好唔得闲，先将我爸爸提出嘅条件讲俾你听。

（焕点头。佩由手袋取纸出。）

佩：（宣读）第一件要解决嘅，就系你地女家嘅嫁妆问题，一定要依照我地男家提出嘅细单，不得更改。第二，婚礼要依照中国仪式，三书六礼，新娘一定要着裙褂，拜祖先。第三，新娘一定要同公婆叩头斟茶……

（焕根本没有听见佩说什么。

（侍者送来桔子水。）

焕：（迷惑地）你真漂亮！

（佩犹似触电，放下手上纸，望一望焕，低头喝桔子水。）

焕：你知道为什么我进来一看见你，就知道你是张小姐？

佩：（低声）梗系马世伯话你听，我着乜嘢衫。

焕：（摇头）他光说是靠窗坐的一位小姐。

佩：靠窗有三位小姐坐响度，你点会知道边个系我？

焕：因为我听我妹妹说过，张清文的妹妹非常漂亮！

（佩微笑，低头饮桔水，沉默片刻。）

焕：对了，刚才你说过没有空，我们赶快把事情谈一谈吧！

佩：（改说国语）不要紧，慢慢谈好啦！

（晕浪地注视焕。）

焕：（由袋内取出一纸）我爸爸的条件都开出来啦，我念给你听！

佩：唔！（含情脉脉）

焕：我爸爸对聘金这一问题非常坚持，同时对于婚姻仪式，希望是在教堂举行……

（焕在说话的时候，镜头摇到佩，依然出神地注视焕，吸着桔子水。）

Diss.

（焕、佩呆呆地对望，窗外天色已夜，镜头摇至全景，茶客已走光。）

Diss.

（焕、佩仍在老地方，侍者移来小台灯，窗外天色已黑。）

侍：先生，茶市已经过咗，而家系餐舞时候，两位仲要啲乜嘢呢？

（两人这才醒觉。）

焕：（问佩）我们在这儿吃晚饭好吗？

（佩点点头。

（焕向侍者取菜牌。）

Diss.

（音乐台上，乐师奏乐拉开，时间尚早，舞池里人客不多。

（摇至窗前，佩、焕二人含笑，默默无言地进餐。）

Diss.

（二人共舞。）

D.O.

第二十七场

景：张家

时：夜

人：张、张太、佩、焕、女佣

D.I.

(张吃萝卜糕，张太太旁坐做针线。

(门铃响，女佣开门。佩入，迷迷糊糊地走向自己卧室——可尽量夸张。

(佩经过张及张太太身边竟如同未发觉身旁有人。

(张及张太太奇怪。)

张：阿佩，你做乜呀？

(佩继续前行。张来至佩身边叫。)

张：阿佩！

佩：(这才回身望父）唔！

张：你做乜咁样，唔系有乜嘢唔妥喇吗？

佩：唔系呀！

张：我叫你代表我去倾嗰啲嘢而家倾成点呀？

佩：倾妥晒咯！

张：我知道叫你啲刁蛮女仔出马梗倾唔掂嘅，佢地应承晒我地啲条件喇吗？

佩：应承！大家让步多少啦，写晒落嚟咯，我俾你睇吓。(开手袋取纸）

张：(一望钟）咦，够钟喇。(走向无线电）

佩：(取纸交张）爸爸你睇吓。

张：唔好嘈。(开收音机）

(佩无奈将纸放回手袋，至另一边沙发坐下。

(张边吃萝卜糕，边听曼的节目。)

O.S.曼：而家答复刘国庆君嘅问题。刘君，我好同情你，响而家呢个二十世纪嘅原子时代，竟然仲有咁顽固嘅父亲干涉仔女嘅婚姻，甚至于唔准你同女朋友通电话。我认为你父亲嘅呢种行为，不但野蛮，而且系十分愚蠢嘅……

张：咦！唔准同女朋友通电话？好似响处话我嚡！

佩：边处系讲你呀，你自己多心啫。

O.S. 曼：……至于你父亲，因为女家冇办法攞出一份丰厚嘅嫁妆，就反对你嘅婚事，更加系荒唐到极点。呢种咁欺贫重富嘅行为，边处似同仔娶新抱，直情当个仔系条件、货物一样，等人地出高价嚟买佢个仔……

（张怒关收音机愤愤地猛吃萝卜糕。）

佩：爸爸，我谂起啦，呢个女人声好似……（突然心虚止住）

张：（劈掌）系佢啦！唔怪得越听越似响处闹我，一定系佢！

张太：边个呀？

张：就系嗰个外江女李曼玲呀，咁你都听唔出佢把声？

张太：系嚡，阿清话佢系响电台度播音嘅。

张：唔怪得知我一见佢面就话点解咁面熟呢，原来系佢把声好熟……（对张太太）你睇吓你中意嘅嗰个宝贝新抱呀，居然公开响电台度闹我，仲成世界嘅，等阿清番嚟，我要问吓佢至得……（突然）嗳哟，嗳哟！（置箸捧心叫痛）

张太：做乜嘢？又是胃痛呀？

张：胃乜嘢痛呀，俾个衰女激到我心痛就真！

（张太太忙扶张躺下。）

佩：使唔使叫医生嚟同爸爸睇吓？

张太：咁夜去边度搵医生出诊呀？

佩：我介绍个医生俾爸爸喇，佢一定肯嚟嘅。

张太：咁快啲去喇。

(佩打电话。)

Diss.

(半小时后，张盖毡卧沙发，张太太旁坐。佩导焕入。)

佩：爸爸，呢位系李医生。

张：(坐起）乜又系呢个黄绿医生呀，唔使佢睇咯，快啲叫佢扯。

佩：爸爸，李医生特登赶嚟同你睇病㗎，做乜你咁冇礼貌啫！

张：你明知我唔中意啲外江佬医生，仲叫佢嚟做乜？

张太：咁夜揾唔到广东医生啦嘛！

张：佢话叫我唔好食萝卜糕，食多咗会中风，我食咗咁多年伤风都未试过，你话呢啲医生信唔信得过呀？（向焕）扯！

(焕笑笑提皮包向外走。)

张太：(向焕抱歉地）真系对唔住，上一次啲出诊费同呢次计埋一齐啦！

唤：不不，不用了。

张：你叫我唔好食萝卜糕，我偏偏食多啲俾你睇。(吃糕)

佩：(用国语）今天真是对不起，爸爸就是这样，对外省人有偏见。

焕：我知道，我知道。(出)

(佩送出。)

F.O.

第二十八场

景：张家

时：日

人：清、佩

F.I.

（清来至门口，见佩穿着整齐由卧室出。）

清：出街呀？

佩：唔！去睇医生。

清：呢两日辛苦你啦，累你要去睇医生。

佩：你知道就好啦！

清：第日我请你饮茶。

佩：（点头）唔好唔记得。

（二人出门。）

D.O.

第二十九场

景：姻缘道

时：夜

人：清、曼、佩、焕

D.I.

（清来大石前眺望月色，燃纸烟。

（忽有一双手由背后矇住清眼。清举手捉曼，烟头碰着曼手。）

曼：嗳哟。（松手）

清：（惊）有冇焫亲呀？

曼：没有！

（清不信，抓住曼手反复看，试探地用手指抚了抚一块痕迹，吻曼手。

（二人终于并肩走。）

清：我地嘅婚事，好似罗密欧与朱丽叶一样，要经过咁多艰难。

（前面另一对在走，语声依稀可辨。）

女：（国语）我真佩服你妹妹那么能干！

男：（粤语）有你咁能干！

女：我爸爸老骂我刁蛮。

男：你外表或者刁蛮，其实好温柔。

女：（诧笑）我温柔？

男：唔！只有我知道。

（二人并头走。）

曼：嗳，除了我们还有这么南腔北调的一对。

（清、曼继续走，经过另一对，发现乃焕、佩。）

曼，清：（同声）是你！

清：（向佩）乜你话出街睇医生，原来系睇呢个医生呀？

佩：你呢，日日话有事，走嚟呢处拍拖。

清：咁你又嚟呢处做乜嘢呀？

佩：我嚟揾你咯。

清：揾我做乜嘢呀？

佩：嚟话俾你知爸爸就快嚟呢处揾你地呀！

焕：别理他，老伯给她劝的已经回心转意了。

佩：（指焕）李老伯都俾佢劝掂咗啫。

曼：（向清）就是还心痛他那棵小树，你买一盆来送给他吧。

清：好！好！

D.O.

第三十场

景：李家

时：日

人：李，李太，张，张太，焕，马，曼，女佣，工役数人

D.I.

（李太太在布置茶点，李在一角穿着汗衫，一面看报，一面吃臭豆腐。

（门铃响。李太太开门，数工役搬二大树入。）

李：这是什么？

李太：（看卡片）清文送给你的。

李：哦？（大喜，即放下手上报纸，指挥工役——报纸正好盖上臭豆腐）搁这儿！搁这儿！（又挪开一张桌子）这一棵搁这儿！

李太：你快进去换衣服吧，清文的爸爸妈妈一会儿就来了。

李：我知道，等一会儿好了。（摸钱给工役，摸来摸去摸不出）

（二工役正好站在臭豆腐旁边，但臭豆腐给报遮住，二工役未发觉。）

工役甲：（低声问）乜嘢味呀？臭臭地嘅。

（李摸钱出赏工役，工役去。李鉴赏树，已忘却臭豆腐。）

李：（梦幻地）我那一棵要是没死也有这么高了。

（门铃响。李太太忙推李入内。

（李太太开门，马伴张夫妇入。）

马：李太太，你看张先生张太太亲自上门来求亲来了。

（众笑。）

李太：请坐，请坐！

张太：你地小姐呢？

李太：在厨房忙着做萝卜糕呢。

张太：（向张）听见未呀？

李太：（向内唤）焕襄！（没有应声，向马）我去叫焕襄出来见见张先生。

（李太太入。）

张：（闻到臭味）做乜臭臭地㗎？

张太：（嗅）系嚼！

（马取走报纸发现臭豆腐。）

张：原来系臭豆腐，啲北方人真系唔讲卫生，咁嘅嘢都食得嘅！

（张掩鼻，张太太作手势劝阻之。）

马：臭豆腐闻吓觉得臭，食落口香㗎。

（李太太同焕出。）

李太：快见见张老伯，张伯母。（指焕）这是我们曼玲的哥哥。

张：吓，又碰到呢个黄绿医生喇！

马：喂！三波，咪成日咁得㗎！

张：你话萝卜糕唔卫生，咁你自己屋企又整嚟食？

（焕笑。）

张：我话你地啲臭豆腐唔卫生就真！（指指台上臭豆腐掩鼻）

（李太太急忙取走臭豆腐。女佣送茶入，李太太敬烟，混了过去。）

马：（拉焕至一边，低声笑）这位张先生一次次的侮辱你，你倒不生气。

焕：谁叫他是我妹妹的公公呢！

（这一边。）

张太：你地位少爷娶咗新抱未呀？

李太：还没有呢！张伯母介绍一个给焕襄吧！

张：（低声）好多人嫁俾呢个黄绿医生咯！

（张太太暗中阻止。

（李出，呵腰，向各人招呼一番。）

李：马先生是大媒，十五那天叫曼玲多敬你几杯酒。

马：你们订婚酒在哪儿摆？

张：当然响我铺头摆啦。

李：什么？订婚酒在你那儿摆？

张：梗系啦，我个仔娶新抱嚯！如果响第二度摆酒，咁我间铺头以后唔使做生意都得咯。

李：那可不行！我是开饭馆的，我嫁女儿酒席在别人铺子里摆，我以后生意不用做啦？

（二人争吵，马急劝。）

马：得得，都是自己人好商量。

李：（向马）不是商量不商量的问题，得讲道理！

张：（向马）如果讲道理就应该响我处摆酒。

马：好好，算喇，算喇！

李：我的亲戚，上你那儿吃广东菜，以后我还有脸见他们没有？

张：咁我嘅亲戚食你地啲北方菜，我以后唔使做人都得咯，净系睇见你地啲味臭豆腐就走夹唔抖啦！

李：告诉你张三波，别的我李四宝都可以让步，就是这一点不能让步。

张：你唔肯让步，唔通我又肯咩？话俾你听，如果响你处摆酒就一千个一万个“唔得”。

（李太太与焕面面相觑。）

马：好了，好了，你们两亲家闹什么呀？

李：什么亲家？要是他一定要我下不来台，咱们这头亲事就算吹了。

张：吹唔系吹！你估我好紧呀，呢头亲事一于取消！（拉张太太）我地扯！（同出）

马：（气得双手直掉）我这回再也不管了。

（曼正捧一盘热腾腾的糕入，见状怔住。）

D.O.

第三十一场

景：姻缘道

时：夜

人：佩、焕、清、曼

D.I.

（二对情人，默默并行，曼、佩挽臂居中，清、焕在旁。）

佩：（突然）我谂到一个办法啦。

（四颗头凑在一起听她说。）

F.O.

第三十二场

景：张家客室

时：日

人：张、张太、佩

F.I.

(张夫妇同坐，张看报。

(佩在房中探头出看张夫妇动静。佩略思后取一空皮箱故作神秘地偷偷出。

(佩偷偷由张夫妇身后过，故意给张看见。)

张：阿佩！你揸住只皮喼去边处呀？

佩：唔去边处呀！阿哥话执行李唔够皮喼用同我借一个啫嘛！（说完作失言状掩嘴）

张太：你阿哥执行李？

张：佢为乜事要执行李呀？

佩：(吞吞吐吐）唔系呀！唔……唔系执行李，佢同我借只皮喼去挤……挤书……啫嘛！

张：阿清会同你借皮喼挤书？分明讲大话，快啲讲俾我知阿清为乜事要执行李。

佩：我……我唔知呀，净系知道佢执行李啫，唔……唔知佢为乜事呢？

张：我睇你地两个梗有古怪嘅，你一定有嘢瞒住唔话俾我听！

张太：系咯。

佩：冇嘢呀，阿哥今朝去银行提晒啲存款出嚟……(又作失言状)唔，

唔，咁就同我借皮喥，冇事呀！（匆匆欲走）

张：阿佩，唔好行住。

（佩停住步。）

张：你阿哥为乜事要提晒存款出嚟？

佩：佢想同李曼玲私奔啫嘛！……（急掩嘴）

（张夫妇大惊。）

张太：私奔？!

佩：唔系呀，唔系呀，我讲错咗，冇件咁嘅事，冇，冇。

张：虾，你个衰女仲帮佢瞒住我地系吗？

佩：唔……唔系呀！

张：（大声）仲话唔系！

（张太太拉佩至一边。）

张太：阿佩，你乖乖地话俾阿妈知啦，阿清系唔系真系想私奔啫？

（佩迟疑。）

张太：讲啦。（逼佩）

佩：噂，你千祈唔好话我讲㗎吓。

张太：我唔话，我唔话。

（张紧张地望佩。

（佩点点头。）

张太：（大惊）死咯，阿清真系想私奔㖞，咁点搞呀？

张：叫佢出来，等我教训吓佢至得。

佩：千祈唔好呀，阿哥知道系我讲俾你地知，怨死我呀！

张太：系咯，事到如今发脾气都冇用㗎，如果叫阿清出嚟讲穿咗仲好。

张：又系嗰。（思对策）

(佩暗暗偷笑。)

张太:(哭说)死咯!如果搞出事,俾啲亲戚知道笑大人个口咯。(向张)一日都系你,边度摆酒唔好呀,而家搞成咁,点算呢?

张:你唔好嘈,我响处想紧办法!

D.O.

第三十三场

景:李家客厅

时:日

人:李、李太、焕、女佣、张

D.1.

(焕在穿堂向客厅偷偷张望。

(李正由房出,找水灌树。

(焕知时机已到,即取起电话听筒,空拨几个号码。)

焕:(故意大声打电话)喂!是张家吗?请张清文听电话……

(李闻声觉奇,走向门边。)

焕:……喂,清文吗?你等一等,我看看有没有人,不要让旁人听见……

(李正欲走出门口,闻言急躲在门边偷听。

(李的动作全为焕看见,知计已成。)

焕:……清文,没有人,你说好啦……唔……唔……

(李太太出,见李怪状,上前欲问,李止李太太出声,并以手势示李太太，二人一起偷听。）

焕：……船票你已经买好了？……钱够不够用？……够几个月用？那就好啦！……唔……你说……

（李夫妇紧张。）

焕：晚上八点钟叫曼玲在大门口等你，你接她到码头去……好……我告诉她……你放心好了，没有人听见……再见！

（焕挂断电话。）

李太：不好了，四宝你听见没有？

李：好小子，打算拐走我的女儿！我去报差馆。

（转身出门与焕撞个满怀。）

焕：爸爸！你干什么？

李：干什么？问你呀，你知道张清文这小子要跟曼玲私奔，你非但不告诉我，还帮着他们……

焕：没有呀！

李：还说没有！

李太：你刚才打的电话，我跟你爸爸全听见啦。

焕：（故作失惊状）糟了！

李：我现在去报差馆拉那个张清文小子！

焕：（急拦住李）爸爸！你先别着急，这……这……

李太：对了，不能急，闹出去我们的名声也不好听。

李：（大声）曼玲呢？快去看着她，别叫她跑了！

李太：咳，这孩子，（哭）这要是叫人知道了还得了！

（门铃响。女佣入。）

女佣：张先生的爸爸来了。

（众一怔。）

李：好，来得正好，我正要找他说话！

焕：爸爸，这不是发脾气的时候，得另想办法。

李：（略思）我有办法，你们都走开，瞧我的。（向女佣）开门让他进来！

（女佣出。）

焕：（打量了李一下拉李太太）妈——（引李太太同入内室）

（张入，呵腰含笑。李鞠躬笑迎。）

李：嗳，张大哥，请坐，请坐。

张：李老哥，嗰日嘅事我番去谂吓系我唔啱，所以今日特登嚟向你道歉，请你多多原谅。

李：哪里！哪里！都是我不好，正要来给你道歉！

张：李老哥你太客气啦。

李：（低声凑近）那天都是我太太……

张：女人个个都系咁嘅咯，心胸窄，嗰日我亦系因为我太太！

李：那我们是同病相怜了。

张：系咯，一日都系我太太，佢话一定要响自己铺头摆酒喎！其实我冇所谓嘅。

李：那好极了，那么这回你偏不听她的话在我那儿摆，这样可以给你太太一个教训。

张：唔……呢个办法好就几好，不过咁做法岂不是长咗你位太太嘅威风？咁你第日就更加管佢唔掂嘅啦！

李：（强笑）嗳，我倒没有想到这一点。

张：我有个折衷嘅办法，你睇咁好唔好？（耳语）

李：（喜拍张肩）亏你想得出，张大哥，真有你的！

F.O.

第三十四场

景：南兴酒家内

时：夜

人：张、张太、李、李太、曼、焕、清、佩、马、吴、宾客、侍者

F.I.

（南兴酒家招牌摇至花牌，写着张府、李府宴客。）

Diss.

（南兴馆内摆订婚酒，贺客们已入席，纷纷在吃“热荤”。张、李招待。）

一贺客：（操国语）我真不懂，四宝嫁女儿怎么不在自己北顺楼请客，倒在这儿。

另一贺客：（亦操国语）我也不懂！

张：（起立）各位亲友，“热荤”各位已经食过啦，下一个菜唔响小店食，请各位到隔离北顺楼食。

（众哄笑起立。）

C.O.

第三十五场

景：酒家连街道

时：夜

人：同上场

C.I.

（街上，两家主人招呼贺客们走向北顺。

（一老妇由媳扶，一孕妇偕夫行。）

C.O.

第三十六场

景：北顺楼内

时：夜

人：同上场

C.I.

（北顺楼中，张、李让客入席。）

李：（起立）下一道菜是我们北方菜里最名贵的一道菜……

李太：你反正老王卖瓜，自卖自夸也不害臊！

焕：这样吧，爸爸你介绍那边南兴的菜，让张老伯介绍这边的菜。

佩：系咯，咁至够大方喇嘛。（向张）爸爸，你讲啦！

张：（起立，不情愿地读李交来菜单）呢一道菜叫做“一品雪燕”，系有名嘅北方菜，燕即系燕窝，食咗补身嘅，食完唔使食补药。（佩拉他坐下，喂他一匙。他皱眉，低声）药都冇佢咁难食！

（佩瞪他一眼。）

李：请请请！

（各人纷纷吃菜。）

Diss.

（隔了一会——）

李：（起立）"一品雪燕"诸位已经吃过，下一道菜请到南兴酒家去吃。

（众哄笑，起立走。

（张拉佩走。）

佩：爸爸，我都未食完。

张：有乜好食呀，去自己铺头食靓嘢啦嘛。

佩：我中意食北方菜呀。

（张气结，夺箸，拖佩走。）

C.O.

第三十七场

景：酒家连街道

时：夜

人：同上场

C.I.

（街上，拖儿带女的一群走向南兴，老太太被子媳两边扶架着走。

（众回顾见孕妇落后，夫赶回扶。）

C.O.

第三十八场

景：南兴酒家内

时：夜

人：同上场

C.I.

（南兴内——众入席。）

李：（起立读菜单，咬牙切齿）下一道菜是广州名菜“凤冠鲍脯”。（攒眉）鲍脯用的是网鲍，网鲍的价钱很贵，现在要卖××元钱一斤。待会儿诸位要是觉得一盆鲍脯只有薄薄的几片，请诸位多多原谅！

（张不觉瞪视李。

（侍者上菜。）

Diss.

（“凤冠鲍脯”将吃完。）

张：（起立）跟住下一道菜请各位过隔离北顺楼去食。

（贺客们一哄而起。）

C.O.

第三十九场

景：酒家连街道

时：夜

人：同上场

C.I

（街上又是一幅流民图，走向北顺。）

老太太：（气喘吁吁）咁食法真系前世咯！

（南兴馆四侍者将孕妇连椅抬入北顺。）

C.O.

第四十场

景：北顺楼

时：夜

人：同上场

C.I.

（北顺楼内众人入席。）

张：（起立，咬牙切齿念菜单）呢一道菜，系京菜馆大名鼎鼎威震国际嘅北京填鸭。（坐）

（李敬张一筷。）

张：（怀疑地尝鸭，取笑地）嗳，李老哥，听讲你地啲填鸭其实系鹅嚟嘅，系唔系呀？

李：这是哪儿的话，你听谁说的？

张：（故意）你旧时个领班小吴话嘅。

李：小吴？这没良心的东西，居然还造我的谣言？

马：得得，自己人说说笑话，你还认真？

张：系咯，讲笑啫。

李：（忍气举箸）请请！

D.O.

第四十一场

景：酒家连街道

时：夜

人：同上场

D.I.

（街上贺客们扶老携幼又回到南兴。

（老太太疲于奔命，半路上由子背在背上。

（最后由北顺楼侍者们抬孕妇椅出，入南兴。

（空场片刻——南兴门内忽然跑出个小吴来，落荒而走，领班帽子落地也不及拾。

（李由南兴追出，见吴已远去，回身入南兴。）

F.O.

第四十二场

景：张家

时：日

人：张、张太、李、李太、曼、清

F.I.

（清陪李夫妇与曼入己室，张夫妇含笑立门口。）

李太：就是这间房做新房？

（清点头。）

李：太小了！

李太：家具怎么摆得下？

（曼见桌上陈设着她的照片，取视。）

李：这房间怎么能住？

清：呢间房一直系我住嘅！

张太：（沉湎在回忆中）阿清自细就住呢间房，住到而家咁大嘅啦。

李太：太小了。

李：刚才的那间做新房还差不多。

清：头先嗰间？唔得！嗰间系我爸爸妈妈住㗎。

张：去我间房坐下。（让李夫妇与曼入己室）

（张太太让坐。）

李：（四顾）光线不好！

李太：老房子都是这样！

李：我看就把这间做新房吧。

张：唔得，呢间房系我两公婆住㗎。

李：你们可以先搬到那边住着，让给他们办喜事。

清：（不耐）咁唔得，点可以要我爸爸妈妈让间房俾我啫？

曼：（反感）清文，你说话怎么这样？

清：唔通为着我地结婚要劳烦佢地老人家搬房？

曼：我是说你态度不好。

清：我嘅态度点唔好呀？

（二人吵着走出房去。）

李：好哇，我女儿还没嫁给他，已经拿出这副腔调来了，将来还得了。

张太：啊呀？！我嘅仔有乜嘢咁唔好呀？

李：（对李太太）看见没有？太太，将来他们老夫妻俩一定打伙儿护着儿子欺负我们女儿。

张：你仲好讲，你个女都未过门就教定佢第日唔使孝顺家公家婆，等过咗门仲得了嘅！

（各人望室外，见清、曼仍在门外争吵，曼面部为清遮住。）

曼：好，好，你们一家子本来亲亲热热的，我本来是外人，我走得了。

（脱戒指还清）

（清、曼走出各人视线。）

张：（喜）呙呵，散档咯！

李：（喜）好，好，吹了，吹了！（拉李太太）走，走，带曼玲回去。

张：唔送！好行，真系谢天谢地咯！

（各人走出房门才发现曼、清二人在清房内接吻。

（张、李倒抽一口气。

（李走向沙发踏着一块松了的柚木地板，差些跌了一交。）

李太：（急上前扶李）小心！怎么啦？

李：（看看地板）这种屋子怎么能住人，差点没把我摔死！

张：我地啲旧楼系咁样嘅啦！

李：要是我女儿嫁过来，天天都得小心受伤，太危险啦！（取雪茄出）

张：（没好气）讲咁多做乜嘢？如果你要间屋够大，又要间屋冇危险，又要间屋够光线，唔啱你自己去买层楼俾你个女做嫁妆啦。（为

李点雪茄）

李：好，我就买层楼给曼玲做嫁妆。

F.O.

第四十三场

景：教堂

时：日

人：曼、佩、清、焕、李、李太、张、张太、神父、乐师

F.I.

（大胡子神父与张、李夫妇、曼、佩、焕演习婚礼，佩、焕为伴娘伴郎——清尚未到场。

（张身穿大礼服浑身不舒服。）

张：都唔知边个兴出行呢啲咁嘅西式婚礼，着起套衫周身唔聚财！

张太：（指李）你睇吓人地着得几自然！

张：佢！佢又点同呢！佢平日响铺头就成日着住呢啲衫嘅啦！

张太：做乜清文仲未嚟到？而家几点啦？

（张看表。）

神父：再来一次！（向乐师点头）

（奏《婚礼进行曲》，新娘的行列开始。）

神父：（指挥）慢点！慢点！——太快啦！（示意乐师暂停，来至李前）你跟新娘走得太快，跟伴娘的距离太近。

李：那不关我事！是伴娘走得太慢！

佩：（很凶地）乜嘢话？你话我走得慢？

李：你走快一点距离不就对了？

佩：（双手叉腰）唔通我背后有眼㗎？我点知你行得快定慢呀，我系跟住音乐拍子走嘅嘛！

（李不敢声张。）

张太：（阻止佩）阿佩！唔好咁！

（佩愤愤不平。李转向曼说。）

李：那一定是你走得太快啦！

（曼不作声。）

焕：爸爸，是你太快还怪妹妹！

张太：（笑向李太太）你地曼玲嘅脾气真系好啦。

李太：嗳，我们曼玲别的好处没有，就是脾气好。

（清入。）

曼：（气汹汹地）你怎么这时候才来？大家都在这儿等你一个人！

清：碰啱有啲紧要事，行唔开啦嘛！

曼：是是，你的事要紧，我们结婚的事不要紧！（将手中花束向地上一扔，往旁边椅上一坐）

（张太太、李太太看得目瞪口呆。）

李太：（窘）曼玲，你今天怎么了？脾气这么大。

（曼流泪，佩忙劝慰，清愧悔。）

李：好了，好了，快点练习吧，神父还有事，一会儿得走了。

神父：先练戒指那一段。（拉各人至指定地点）新郎——新娘——伴郎——伴娘——

焕：（摸袋恐慌，问清）戒指呢？

清：擒日唔系交咗俾你咯？

焕：糟啦，忘了带来！

李太：你看你这两天怎么失魂落魄的？

李：又不是你结婚！

（佩脸上反应。）

曼：先用我这戒指吧！（脱下给焕）

（神父念诵数句，焕持戒指忘情，代佩套指上，众诧笑。

（佩羞。曼打焕一下。）

曼：你怎么了？

焕：（窘，忙给佩褪下，交清）都是你不来，一趟趟地叫我代，把我搞糊涂了！

（清代曼戴戒。）

神父：再从头排一次！

（乐起，新娘行列开始。）

张：（在一旁缩头，扭头）勒实晒，真系论尽，（试活动两臂）成个人好似五花大绑咁！

神父：嘘！要说话出去说，你不是一定要在这儿！

李：这儿没你的事！

神父：新郎的父亲本来不重要，不像新娘的父亲。

（李得意，更挺胸叠肚。张怒。）

张：我唔重要，又要我特登订造套大礼服？

张太：边个叫你咁肥呀，租唔到就只有订造咯。

张：真系神经啦，做套咁嘅衫着一次，嗰条数我都唔知同边个计好。

神父：叫你别说话，倒更加话多，出去，出去。

（张愤愤出。）

D.O.

第四十四场

景：酒家连街道

时：日

人：张、路人

D.I.

（张穿着大礼服匆匆走入南兴。）

C.O.

第四十五场

景：南兴酒家内

时：日

人：张、清、王、三号侍者、顾客

C.I.

（张穿礼服入南兴。熟客王先生向他招呼。）

王：咦！张老板今日做乜执得咁正呀？

张：唉！唔好提啦。（来土对面坐下）

王：系唔系庆祝胜利呀？

张：庆祝胜利？乜嘢胜利呀？

王：隔离嗰间北顺楼俾你打淋咗喇嘛！

张：乜嘢话？隔离……

王：你唔知咩？北顺楼唔够你做，而家揾人顶手呀！

张：真嘅！（一则以喜，一则以忧）

王：（拍张肩）啲外江佬唔够你斗嘅，一味充阔，有乜办法唔执笠呀，都系你好嘢。

张：北顺楼真系要执笠？

王：系，千真万确，乜你听见唔高兴咩？

张：我同北顺楼个李四宝而家已经成咗亲家啦。

王：啊 ?!

张：佢嘅女嫁俾我嘅仔做老婆，呢件嘢亲家上头，我要帮吓佢手至得嘅。喂！究竟点解会执笠㗎？

王：对唔住嚇，我唔知你地已经系两亲家。

张：唔紧要，呢件事我而家既然知道梗系要关心吓嘅！

王：我都唔系十分清楚。（又拍张背）怕乜嘢呀？惊你个亲家要嚟你度黐餐咩？

张：（苦笑）王先生成日讲笑。

（三号侍者送两个菜上来。）

三号：呢两个菜系送俾王先生食嘅，唔收钱。（张诧）

王：咦！做乜咁客气呀？

张：（忍痛）应该嘅，应该嘅，请便。（起，走开，附声问三号）喂！为乜事要送菜呀？

三号：系领班吴先生交带嘅。

张：小吴交带嘅？佢做乜嘢咁大方呀？

三号：今日佢对王先生系特别客气啲嘅。

张：点解呀，系唔系个王先生贴士俾得多？

三号：(摇头) 唔系！(四顾低声) 领班想拉呢位王先生做股东去顶咗间北顺楼落嚟。

张：乜话？佢想自己做老板？

三号：系！佢仲拉埋我地大师傅同佢合股添，预备顶咗落嚟开广东菜馆。

张：佢都开广东馆？

三号：系呀！

张：(恨恨地) 好嘢！挖我嘅大师傅响我隔离开广东菜馆？！(突然故意地向三号) 你点会知道㗎？

三号：点会唔知啫？佢想拉埋我一齐做啦嘛。

张：(不屑地) 佢拉你入股？

三号：系，全间南兴啲人佢个个都拉嚟。

张：咁你入咗股未呀？

三号：我边有钱入股呀？我一个月的人工，攞番去剩系食都未够呀！

张：唔好嘈，第二个月起加你五文一个月人工。

三号：加十文喇老板。

张：七文，唔好话俾人知。

(张匆匆打电话。)

Diss.

(清入，张迎上。)

清：爸爸揾我有乜嘢事呀？

张：我头先听到话你外父嗰间北顺楼要出顶喎！

清：(惊异) 系？

张：佢地冇话俾你知呀？

清：冇，我想曼玲都会唔知，我剩系听闻话佢爸爸为咗办嫁妆，欠落一身债就有。

张：唉！咁佢又做乜咁阔佬仲要买层楼做嫁妆呀？

清：爸爸，我谂佢一定系冇钱又要顶硬上，夹硬将北顺楼让咗俾人，攞笔钱嚟买楼，你话系唔系嗱？

张：九成系啦，佢份人我都睇穿晒佢嘅啦。阿清，我地要想个办法嚟帮吓佢，无论如何唔俾佢间铺头执笠至得。

清：（感动）爸爸，我今日先至知你心地咁好嘅。

张：（有点不好意思，挥手）我一向都系咁嘅。

清：爸爸，唔啱我去叫佢唔好买楼啦。

张：冇用嘅，啲外江佬死要面子，你咁同佢话，佢未必肯。

清：唔啱我去话我地唔想同佢父母住开第二处，一定要住埋一齐，咁佢见风驶艃一定应承唔买楼嘅啦。

张：（大喜）呢个办法几好。

清：咁我而家即刻去。

（清匆匆出。）

C.O.

第四十六场

景：酒家连街道

时：日

人：清、吴、张、路人

C.I.

（清匆匆出南兴，远去。

(片刻——

(南兴门内忽然跑出小吴来，落荒而走，领班帽子落地也不及拾。

(张由南兴追出，见吴已远去，回身入南兴。)

D.O.

第四十七场

景：教堂

时：日

人：李、李太、张、张太、曼、佩、清、焕、马、神父、亲友、乐师

D.I.

(教堂外钟楼，钟声响亮。)

Diss.

(教堂内曼步向神坛——面色庄严，喜悦中，眼眶含有热泪，镜头慢慢随着曼走。

(镜头摇至坐在一旁的李太太——频频拭泪。)

D.O.

第四十八场

景：张家——清房

时：夜

人：曼、佩、清、焕、张、张太、李、李太、喜娘、亲友

D.I.

（清房内已布置一新，喜烛高烧。

（曼穿大红褂裙与清同坐。喜娘抓喜果敬新人。）

喜娘：姑爷、姑娘，食点蜜枣莲子啦，恭祝姑娘早生贵子……

（曼羞笑。）

O.S.佩：食多点萝卜糕啦，祝你地白头到老步步高升……

（曼、清望。

（佩率大批亲友入，闹新房。）

佩：阿嫂呀，你今日咁嘅打扮应该俾你嘅听众睇吓，等佢地知道而家原子时代一样有咁好嘅新抱。

（曼窘，各亲友起哄。

（张夫妇、李夫妇入。）

佩：叫我阿嫂报告恋爱经过，你地话好唔好？

（各人再起哄。

（佩拉曼起，曼挣扎。）

喜娘：小姐，咁点得呀，新娘怕丑嘅。

佩：我地阿嫂做新娘唔同嘅，佢都响电台度讲惯嘅咯。

喜娘：（发现张夫妇）呀！老爷奶奶嚟啦，（代曼解围）更加唔讲得咯。老爷奶奶请坐啦。

佩：（向曼）我爸爸系你嘅听众嚟㗎，只要你唔闹佢，佢都中意听你讲嘅，（拉曼）讲啦！

张：（向张太太）你睇吓个刁蛮女。

张太：阿佩，唔好咁啦，你睇吓你阿嫂头发都俾你整乱啦。

（佩助曼整理头发和发上珠花。）

曼：（低声咬牙）你这样可恶，将来还想嫁给我哥哥？

佩：（也低声笑说）而家你都嫁咗嚟我地张家咯，李家嘅事唔到你管咯！

曼：你等着瞧，等你做新娘子的时候看我报仇。

喜娘：（持茶盘入，向曼）姑娘要敬茶啦。

（喜娘扶曼来至张夫妇前。）

喜娘：老爷奶奶饮茶啦。（拉曼衣襟）

（曼向张夫妇一鞠躬，张夫妇取茶喝。）

李：咦！刚才不是敬过茶了吗？怎么又要敬啦？

（佩听见，怒目向李。）

佩：乜你咁都唔识㗎，人客入到嚟新房梗要敬茶㗎嘛！

（李见佩怕，不敢声张。）

佩：呢啲系规矩嚟嘅。

（喜娘拉曼至每一亲友前敬茶行礼。）

李：（向李太太）这……这简直是折磨我的女儿嘛。

（李太太忙拉他袖子，李始住声。

（李来至张前对张说。）

李：那不行，这样太不公平啦，我要新郎也给我敬茶。

张：有呢啲规矩嘅，因件笑大人个口。

李：为什么？女婿有半子之分，给我倒茶都不肯，太瞧不起我这老丈人啦。

（曼已停止敬茶，因各人都在看张、李争吵。

（曼看着干着急，向站在一旁颇尴尬的清耳语。清奔向张太太。）

焕：爸爸你别闹好不好？

李：不是闹，这太不公平啦！

张太：（闻清耳语后）咁啦，唔啱叫阿佩斟茶俾亲家老爷啦。

李：（怕佩）嗳嗳，没这道理。

张太：当佢替佢哥哥啦，（取茶给佩）去啦，去啦！（推佩）

（佩很勉强地送茶给李。）

李：嗳！不敢当！不敢当！

D.O.

第四十九场

景：机场送机处

时：日

人：张、张太、李、李太、曼、清、焕、佩、机场人员、搭客

D.I.

（张、李两对夫妇与焕、佩挥手送曼、清入候机室。）

焕：我们上去看飞机起飞。

李：你们去吧，我爬不动楼梯。

张：我都唔上去咯，呢几日辛苦过头。（自捶腰）

李：好容易忙得他们度蜜月去了，我们可该歇歇了。

张：系咯，认真要抖吓至得。

李：张大哥，我们上欧心吃饭去，我请你。

张：好呀，去啦。（向妻女）你地自己番去啦。

（张、李互挽出。）

D.O.

第五十场

景：欧心西餐馆

时：日

人：张、李、焕、佩

D.I.

（张、李同饮。）

李：这一晌可是够受！

张：系咯，忙到我连铺头嘅事都唔得闲理。

李：忙得我都瘦得不成样子。

张：我由二十岁起到而家从来都未曾试过咁瘦嘅！

李：好容易总算把他们这桩事做好了。

张：我地做父母嘅总算对得住啲仔女咯！

李：（读菜单）啧啧，一杯咖啡卖五块二！？

张：（读菜单）哗！十六文一个猪排！？

李：排骨肉才三块二一斤，一盘排骨顶多九两，（心里念念有词）要不了一块八。

张：咦，赚十几个开嚭！

李：我们没法跟他们此！

张：唔够佢地做咯。

（焕、佩同来。）

佩：爸爸！

（李一看见佩就怕。）

张：咦！你地点会揾到嚟㗎？

李：坐坐！（焕代佩拉椅）

焕：爸爸，张老伯——我们决定结婚。

（李大惊，望佩。

（佩怒，目视李，吓得李不敢正视。）

张：（向佩）乜你嫁俾呢个黄绿医生呀！（瘫倒座上）

佩：爸爸，做乜你又叫佢做黄绿医生啫？（向焕）你倒不生气！

焕：谁叫他是我的丈人呢？

佩：（发现张、李已双双晕倒）爸爸！

焕：爸爸！

（两人忙搀扶，灌水、洒水、把脉。）

剧终

＊国际电影懋业有限公司油印本（据此所摄影片于一九六二年十月公映）。

一曲难忘

人物

南子——女歌手

南女友

南母

南祖母

南父

南姑婆

南妹——十四岁

伍德建

伍母

伍友人

徐先生——南之捧客

赵先生——南之捧客

胖妇

鸨妇

其他

　夜总会侍者、侍者领班

　旅馆客人、旅馆茶房

　南之其他弟妹七人——十二至五岁

　买米男妇数人、苦力数人、流氓二人

第一场

景：郊外

时：日

人：伍、伍友、南子、南女友、渔妇、渔女、婴孩

（伍与同学坐在桥上钓鱼，同学鱼钩已在水中，舒适地在等待，伍则正在装鱼钩。）

伍：（装好鱼钩，往下抛去）让我钓一条大鱼请你吃！

（鱼钩落入水中，显得一片安静。[镜 Tilt 上]

（见桥下的渔船，平平稳稳地随波荡摇，渔妇背着婴孩在做活，渔女在扇风灶煮滚水。）

伍友：钓这么半天，一条鱼也钓不到。

伍：（轻声）嘘！别把鱼吓跑了。

（二人忽闻遥远的歌声，转头。

（远远的一只小船上传来歌声。[Zoom] 见船，二女一唱并一面钓鱼，另一则拉手风琴。）

伍：真讨厌，跑到这儿来开留声机，把鱼都吓跑了。（注意小船）

伍友：（很佩服伍之见解）钓鱼有窍门的，我得拜你做老师。

伍：对对。（又注意小船）

（小船渐渐行近，歌声亦近。

（二女在船上唱钓鱼拉风琴。

（渔妇望歌声处现出愉快，渔女更为歌声所引。）

伍：这么吵，叫我怎么钓鱼！（但不时注意小船）

伍友：（望伍偷笑，觉其过分紧张，少顷，忽有所察，大叫）嗳！钩着了，钩着了！

（伍惊觉，连忙拉钓丝，满面欣喜。

（一条鱼升至半空，忽然一把大剪，剪断钩丝。

（鱼落在渔妇的篓中，渔妇走去准备切鱼，渔女偷笑。

（伍拉了一会觉得不对，茫然往下看。

（只见渔丝不见钩及鱼。）

伍：奇怪！怎么会让它跑了？

伍友：（讽刺地）就顾听女人唱歌了，那鱼还不借机会逃走吗？

伍：（收上最后一段丝）奇怪！连钩子也丢了。

伍友：我看你心不在焉，听歌听入迷了。

（渔船上，渔妇已刮去鱼鳞，将鱼放入水锅中，渔女见有鱼食满心欢喜，白烟滚滚，香气四溢。）

伍友：（连连嗅着）好香！

（伍与他怀疑地向下望。

（见渔妇仍在做活，渔女扇灶，锅中香气四溢。）

伍友：他们吃什么？

伍：好像是鲫鱼汤！

伍友：我们没有他们讲究，来两块三文治吧。（伸手取篮，打开纸

包取夹肉面包)

伍：还早呢。

伍友：我饿了。

伍：等一等，让我再试一次，我们就吃饭。(立，力挥钩丝，不料钩住了背后篮柄，将野餐篮也抛入水中)

(渔舟上二人正欲饮鲫鱼汤，闻声，见篮在水中载浮载沉，一片片面包及蛋糕浮水面，大乐，急捞起和鲫鱼汤一起吃。

(伍怨。)

伍友：好，好，面包都喂了鱼了，这真叫偷鸡不着蚀把米。

伍：我倒不相信，今天运气这么坏？(再装饵挥丝)

伍友：算了，再钓下去，连回去的车钱都没有了。

伍：瞧我的。今天晚上请你吃葱烤鲫鱼。

伍友：人家肚子饿，你还尽吊人胃口。

伍：唔！有了有了！(拉钩丝)

(南也立起拉上鱼，二人钩丝成倒写人字，将一鱼拉至半空中，原来鱼吞二饵。)

南：这是怎么回事？

伍：(没好气）是我的鱼，别捣乱。

南：明明是我的。

南友：自己钓不着鱼，穷极无赖，来抢人家的。

伍：你们自己抢人家的，还赖人？

伍友：(见鱼乱扭）别又让它跑了！大家都没有。

(南将钩丝用力一扯，鱼几乎落下，舢板妇张开围裙等着接。)

伍友：(拉住）你看你看——

伍：刚才一定是她把我们的鱼半路抢了去。

伍友：倒好，等这儿吃现成的。

伍：这些女人都是这样，真可恶。

南友：你不能把所有的女人都骂在里头。

南：这种人——别理他，犯不着。

（伍将钩丝拼命一扯，小舟震动。）

南友：真是绅士风度，就会欺负女人。

伍友：（向伍）算了算了。

南：（遥向舢板妇伸手）对不起，剪刀借给我用一用。

伍：（向友）她要剪断我们的钩丝！

（南友划近些，接剪转递南。南剪自己钓丝。）

南友：干吗？凭什么让给他？

南：看他难为情不难为情。

伍友：（向伍）嗳，这倒不好意思，你得请客。

伍：（低声）别胡闹。

伍友：（高呼）谢谢你们的鱼，可是他不能白吃，得让他请吃饭，请还你们二位。

南：不用了。

南友：干吗又这么客气起来？

南：（微窘）嗳！（划开去）

伍友：对不起对不起，明天他请吃饭，当面再道歉。（时推伍）

（伍拔出钓钩追下桥去还南。南不顾，自唱歌划船行。伍沿岸追。）

伍：嗳！嗳！你的钩子还你！

（南终划至岸边接钩，四目相视，均不禁微笑。）

伍：刚才真对不起，什么时候可以请你们吃饭？

南友：这神气他是非请不可。

伍：明天晚上行不行？

南友：只要她有空。

（南笑，划开去。）

伍：明天，在哪儿？

南友：（想了一想）雪宫。

伍：好，雪宫。几点钟？

南友：八点。

伍：八点钟一定在那儿等你们。

（舟已去，南唱歌。

（伍及伍友，得意。）

F.O.

第二场

景：雪宫

时：夜

人：伍、伍友、南、南友、侍者、乐队

F.I.

（拥挤不堪。伍与友坐候，频频看入门女客。）

伍：（看表）已经八点半了。

伍友：女人嘛，向来是迟到的。

伍：她们许是诚心要弄我们，报仇。

伍友：不见得，我看唱歌的那一个对你有意思。

伍：别胡说。

伍友：老伍，钓鱼我得拜你做老师，交女朋友你可得拜我做老师。

伍：（低声示意，望友背后）嗳——

（南友入，二人立，让坐。）

伍友：那一位呢？

南友：（向伍）她今天不能来，呼我跟你们道歉。（见伍失望，笑）骗你的，一会儿就来。

伍：您贵姓？

南友：姓李。

伍友：那一位呢？

南友：等她来了你问她自己。

伍友：干吗这么神秘？

伍：李小姐，我们先点菜。

（南友点点头。

（奏乐，南上台唱。伍闻声惊，回顾，柱挡视线，欠身张望。）

伍：嗳——（示意令友看）

伍友：咦？你贵友是在这儿唱歌的？

南友：所以我叫你们在这儿吃饭，对她比较方便。

伍：（招侍者来）能不能给我们换个桌子，柱子挡着看不见。

侍者：对不起，今天满座。

伍友：嗳，你给想想办法。

（侍者作为难状。

（伍友摸钱予之。

（侍者推柱去——原来是纸制布景——拉至另一台前。

（另一台食者怒容满面只好绕柱而视。

（南唱。伍目眩神迷。伍友递菜单过来与他商议，不觉。伍友与南友相视笑，起共舞。

（乐止，南来。二友在舞池中等下一支音乐再舞。）

伍：（让座，自霓虹灯上知女名）您就是南子小姐？贵姓？

南：叫南子，当然姓南了。

伍：真有姓南的？从来没听说过。

南：为什么不能姓南？西施不是姓西吗？

伍：（无法辩论）也对。

南：（见二友经面前，点头招呼）那是你的同学？

伍：你怎么知道我们是学生？

南：一看就知道。

伍：（不安地自顾）哦？

南：（笑）那天你们口袋上不是缝着学校的校徽吗？

（伍恍然点头笑。）

南：你学什么的？

伍：工程。

（南向熟人点头。）

伍：你什么时候在家？我可以来看你吗？

南：我很少在家。

伍：（沉默片刻）能不能打电话给你？

南：我家里的电话申请了还没装到。

（伍沉默。

（乐止，二友回座。）

南友：（向南）这位是周先生。

（伍友向南鞠躬。）

南：对不起，我不能多坐。（起）

南友：我也得走了，我还有点事。

南：你们吃饭，听音乐吧。（同去）

伍友：她刚才跟我解释，南子不要你请客，以后也不希望你到这儿来捧场。

伍：（冷笑）捧场？我哪儿配？

伍友：不是，她觉得你应当用功读书，不应当跟她这种人来往。

伍：（沉默片刻）她不愿跟我来往是真的。

伍友：你怎么知道？

（伍颓然不语。）

伍友：你过天去找她试试看。

伍：她不肯告诉我地址。

伍友：这容易。（招手叫侍者）南子小姐住在哪儿？

侍者：这个……我们不知道。

伍友：（向伍示意，伍摸钱予侍者）劳驾你给打听打听。

侍者：（欣喜地）是是。

F.O.

第二场

景：南子家

时：日

人：南、伍、南母、徐

C.I.

（南弹琴练新曲，伍旁坐。）

南：你的本事倒大，怎么找到这儿来的？

伍：你这么大名鼎鼎，还不容易打听？

（南表示厌烦，唱。母偕徐入。）

母：南子，徐先生来了。

（南继续弹，回眸一笑。）

徐：（走近南）练习新歌？打搅你了。

（南一面弹琴一面微笑摇头，徐亦开心而笑。）

母：这一位贵姓？

伍：我姓伍。

母：伍先生在哪儿得意？

伍：我还在念书。（眼偷望南与徐）

母：哦。府上在哪儿？

伍：在秋山道。

母：哦，那边房子好讲究呀。（另眼相看）

伍：（偷望南与徐无心讲话）还好。

徐：（向南）过天我找万民给你编两支私房歌。

南：老朋友了，现在人家是流行曲大师了，可是这点交情还有。

（伍羡慕地望着南与徐。

（南续唱——徐倚琴听。）

伍：（吃醋地坐不住）我走了。

母：不多坐会儿？

伍：我还有点事。

南：（停留向伍）明天你有空，去钓鱼去。

伍：（喜出望外）好，明天两点钟我来接你。

（南略点头，继续唱，徐不悦，注意伍。母送伍出至过道中，音乐变低。）

母：（低声）我们南子最讨厌这些人成天来找她，可是没办法，靠唱歌混饭吃就得靠这些人捧场。要不是家里负担大，我也不肯让她出去当女歌手，她妹妹又有肺病，才十四岁的孩子，病了好几年了。

伍：哦……真看不出来，她仿佛什么心事都没有似的。

母：她要面子呀，不肯告诉人。下个月她妹妹得开刀，这笔钱还没有着落，急得要死。

伍：哦？……不知道我能不能帮忙？

母：你可千万别跟她说，我是拿你伍先生当自己人，才告诉你这些话，让她知道了又得生气了。

伍：那么伯母告诉我一个数目，让我去想办法。

母：这……这怎么好意思。

F.O.

第四场

景：郊外

时：日

人：南、伍

C.I.

（南、伍驾小舟，南唱至一处忽戛然而止，装饵。伍见南腕上镯垂一圈小金饰。）

伍：这玩意儿是干什么的？

南：它会给我好运气。

伍：你相信这些？

南：（点头）嗯！

伍：你常常戴？

南：（摇摇头，弄腕饰，自看）今天特为戴着，今天需要好运气。

伍：（紧张）为什么？

南：钓鱼不得碰运气？上次好容易钓到一只又给你抢了去。

（伍甚窘，二人笑。）

F.O.

第五场

景：南家

时：夜

人：南、伍、赵、南母、祖母、南父、南姑婆、南妹、南表弟妹等

F.I.

（伍跟南入厨房，母正与女佣备饭，南自篮中取大鱼示母。）

南：妈，你看，多么大！

母：呦！伍先生今天在这儿吃饭吧！

南：是他钓的，不给他吃还行？

母：你们喜欢怎么吃？

南：妈，我自己来做。

伍：你还会做菜？

南：瞧不起我？

母：嗳，伍先生，看她不出呃？

（南刮鳞洗鱼，伍旁观。）

Diss.

（一大桌人吃饭，伍、南、母与二妪七孩。）

南：（夹鱼给二妪）奶奶多吃鱼。姑婆。

（母夹鱼给伍，伍欠身。）

母：这鱼你二妹也可以吃。

姑婆：嗳，吃点鱼不要紧。

南：大夫说鱼最容易消化。（夹鱼置碟）

（姑婆接碟出。）

母：你爸爸今天又晚了。

南：他下班正赶着公共汽车最挤的时候，还得过海。

祖母：（夹鱼置碟盖上）这个留给你爸爸。（携碟出）

（众孩如风卷残云吃完。）

母：吃完了快去预备功课去。走走走！（领众孩出）

（一条大鱼只剩头尾与骨骼。伍、南相视一笑。）

伍：你没吃到什么。

南：我反正还得出去吃饭。

伍：（诧）你还要出去吃饭？

南：没办法，有人请客。

（母入。）

母：南子，赵先生来接你了，还不去换衣裳。

南：（向伍）你明天打电话给我。（走向卧房）

母：真造孽，一顿饭也不让她好好地吃。

伍：伯母，（起身拖母至一边）我刚才没机会交给你。（递一张汇票给她）

母：这真是……叫我不知说什么好。

伍：朋友家里有急事，应当帮忙的。

母：我替她妹妹谢谢你了。

（伍先告别。）

（南在卧室易衣毕，戴耳环，褪镯，戴表镯，出经餐室见女佣在收拾碗筷。）

南：（探头入，轻声）伍先生走了？

佣：嗳！

（南入客室，赵放下报纸起迎。）

南：对不起，我晚了。

赵：没关系，没关系。

南：我八点半还得去赶场子。

赵：来得及，我们到槟榔园吃饭，离雪宫非常近。（偕南出）

D.O.

第六场

景：露天西餐馆

时：夜

人：南、赵、侍者、客

D.I.

（夜，园中悬彩色电灯，灯笼。林梢露出喷泉，户内传出乐声。南、赵在暗影中对坐。）

南：快八点半了。

赵：再喝一杯就走。

南：不能喝了，我不是酒嗓子。

赵：下了场去逛车河，好不好？

南：累死了，今天得早点回去歇歇。

赵：这一点都不肯答应。（拉南手）

（南甩脱，别过身去凑着光照粉镜。）

赵：南子，我总算对得起你了，你对我这种态度？

南：我不懂你说什么。

赵：你有什么不懂的。（抱她，她挣扎）

南：你喝醉了。

赵：（强吻她，被掌颊，本能地捉住她的手像要打还）拿人家的钱，还搭什么臭架子！

南：谁拿你的钱了？

赵：笑话！你母亲背后向我借钱，你还装糊涂？

南：（心往下沉）真有这样的事，我叫她还你。

赵：还我就算了，我让你白打了？

（南拼命挣脱奔去。）

赵：你等着，跟你算账！

F.O.

第七场

景：南家

时：日

人：南、南母

F.I.

（次日，南卧室。南盛怒，母哭。）

母：你说，不跟他借怎么着，欠王太太的钱到期了，拿什么去还人家？

南：你等我去想办法呀。瞒着我向人要钱——这种人的钱是好拿的？

母：你的苦处我有什么不知道？这一大家子都靠着你，你妹妹又生上了这个病——（拭泪）

南：知道我为难，还给我找麻烦。以后别这么着行不行？

母：好，好，不过我劝你呀，自己放明白点，我看你自从认识了这姓伍的，把捧场的都得罪光了。

南：什么？我难得有这么一个朋友，你就说这些话？

母：你们那神气谁看不出来？你小心点，别上了人家的当。他肯跟你结婚？就是他肯，他家里也不会答应。

（南砰门出，至客室，旋开无线电极响，音乐震耳欲聋，立即又走去关上［镜推近，Out of Focus］。）

第八场

景：伍家客厅

时：日

人：伍、伍母

（Out of Focus 由伍母背拉开［in Focus］。）

O.S. 伍：妈，您找我？

（伍母转身手持银行单。）

伍母：你最近在银行提了四千块钱？

伍：（战战兢兢地）呃！

伍母：（怒容地）干什么用的，我替你存了这笔钱是为你出国念书的。

伍：（吞吞吐吐）我知道，不过，我有一个朋友，他家有人病了，呃……要动手术，需要钱，所以……所以，我借给他了。

伍母：什么朋友？

伍：一个唱歌的，他很穷。

伍母：噢！（稍缓和）是男的还是女的？

伍：呃……是女的。

伍母：（又怒）什么，女歌手，你怎么回事？是不是在跟她谈恋爱？

（伍不敢作声，只敢微点头，知大难临头。）

伍母：(大怒) 你上了人家当了，把你的钱都骗去了，还说是恋爱，我不许你跟她来往。念完书再恋爱也不晚。

(伍忧郁，但不敢作声，心中苦闷。)

伍母：下学期就送你到美国去，这是你父亲临死时吩咐我做的，听见了吗？不许再和那唱歌的在一起。

(伍点头，闷闷而退，但心中甚不服气。)

F.O.

第九场

景：南家

时：日

人：南、伍、女佣

(南在收音机前，望出窗外，少顷，无聊地转回身走向钢琴，坐下，弹琴。

(门铃响，女佣开门，南仍弹琴。)

佣：伍先生来了。

(伍入，佣出。)

伍：(行近，见南神色不对) 今天为什么不高兴？

南：(停下琴) 没有什么。(又继续弹琴)

伍：(踱了一圈，忍不住) 你今天有没有打电话到我家去？

南：(停下琴，略怔) 你为什么问？

伍：没有什么。

南：一定有缘故。

伍：我怕有人会得罪你。

南：为什么？你家里不欢迎我打电话来？

伍：（窘）不是，他们有点误会。

南：你母亲不许你跟女歌手来往，是不是？

伍：我母亲本来也不是这样的人，自从我爸爸死后，她对我管束得特别严。

南：你不用解释了，以后你别上这儿来了。

伍：你别误会。妈，还要叫我立刻到美国去念书。

南：（倾听，伤心，又怒）你走吧。

伍：（无奈）这件事都是我不好。没告诉母亲，挪了她一笔款子，现在让她知道了。

南：什么款子？

伍：我本来不预备告诉你的，你母亲怕你生气——

南：她又跟你借钱？

伍：因为你妹妹要进医院开刀，也是没办法的事。

（南盛怒，将入卧室，伍拉住。）

伍：你别跟你母亲生气。

南：你不用管。（要推开他）

伍：这笔钱你无论如何得拿着，别耽误了你妹妹的病。

南：那是我的事，你的钱非还你不可。

伍：你别着急。你看。（取出一盒，内有小金福字系细金链上）你戴着这个一定运气好。

（南无可奈何地嗤笑，伍帮她系颈上。南捞起胸前福字看。电话铃响。）

南：（接听）喂？……（转怒为喜）嗳，黄先生，你好？……嗳。……哦。（向伍一瞥，露出惊喜之色，但声音保持冷静）给你们公司灌片子！……承你黄先生看得起，还用谈条件么？不过是时间问题，这一向实在忙，要是来得及还得到星加坡去一趟。……好，好，见面再谈。（挂断）万里公司找我灌两张唱片，三千块一张。

伍：你看，灵不灵？

南：（吻福字）够还你的了。

伍：你留着用。

南：非还不可。

伍：你灌哪两支？

南：我还没决定。（忽想起伍将离己去美，温柔地）你什么时候去美国，要去多久？

伍：去两年，南子，你肯等我吗？我念完书后我妈妈就没法反对我们结婚了。

（南先摇头，但当伍焦急时，南才微笑点头。）

F.O.

第十场

景：录音室

时：日

人：南、伍、乐师、录音技术人员

C.I

（南唱，伍在外听，唱毕出，伍迎。）

南：我太紧张了，嗓子是不是跟平常两样？

伍：完全一样,好极了。（打量南）你今天没戴那福字,照样运气好。

（南自旗袍襟内拉出金链示之。）

伍：你天天戴着？

南：白天晚上都戴着，永远不离开它。

伍：（冲动地）南子——我们也永远在一起。

（南微窘，乐师们正收拾乐器往外走，有一两个与她点头招呼，一路行出。

（南、伍沉默着走出大门外。）

第十一场

景：录音公司门外连街道

时：日

人：南、伍、行人

伍：明天除夕，我们到哪儿去吃饭跳舞？到雪宫去好不好？

南：（点头同意）你的兴致真好！

F.O.

第十二场

景：雪宫

时：夜

人：南、伍、乐师、侍者领班、侍者、客人

F.I.

（除夕，午夜，南、伍对坐举杯。）

伍：明年。（对饮）

南：（看伍腕表）再过两分钟就是今年了。

（乐队领班遥向南点头，南点头笑。）

伍：你今天到这儿来很有意义！

南：嗳！来跟这些老朋友说再会。

（突然一阵骚动，全厅灯光霎了几霎，大队气球断了线，大家抢气球掼彩纸屑，西人互吻，乐队奏《是否应当忘记故人？》[*Old Hand Syne*]，舞池中有几对跟着唱。南、伍起舞，经乐队前，一老乐师腾出手来与南交握片刻，领班向她点头为号，她唱《是否应当忘记故人？》曲终回座，侍者代南拉椅，领班送上一桶冰浸香槟。）

侍者领班：南子小姐，这是我们的一点敬意！

（南点头笑，侍者领班去，侍者代开香槟，代斟，去。）

南：香港这情形真是看不出，已经抗战四年了。

伍：香港是世外桃源嘿，打仗反正打不到这儿来。再过一个星期我就要去美国了，我真有点不放心留你一人在这儿……

南：你不用担心，早点学成，早点回来。

伍：我希望你妈妈，不要再替你介绍不三不四的朋友。

南：我会照顾自己，你放心好了。

伍：（歉意地微笑）等我毕了业马上就回来和你结婚。

（二人微笑举酒互祝。）

F.O.

第十三场

景：南家

时：日

人：南、南弟妹

（信封特写：MR.WOO TEK CHEAN [伍德建] COLUMBIA UNIVERSITY. 116TH ST, W.N.Y, U.S.A. 唐寄。

（南正贴邮票，折信笺，再看一遍。）

O.S. 南：德建，去年的除夕还在眼前，倒已经又快到除夕了。你今年的计划已经完全做到了，我们可以在一起过年，我兴奋得想不出话来说，见面再谈吧。你别给我寄钱来，我这边的安家费还是让我去想办法……

（镜头移上，停在日历上，赫然是一九四一年十二月八日，远远传来沉重的爆炸声数响，南听炮声，但并不关心。

（南正披上绒线衫拿起皮包与信，将出。隔室妹呼。）

O.S. 二妹：姐姐！姐姐！……

（南入弟妹室，二妹卧病，另有几张空床，被窝尚未叠。）

二妹：姐姐！那是什么声音？

南：大概是飞机演习！

（其他弟妹们背着书包蜂拥入。）

弟妹们：（七嘴八舌）打仗了！今天不上课，日本打香港！学校关门了！

（南怔住了。）

C.O.

第十四场

景：街道

时：日

人：南母，甲、乙男，甲妇，街人

（南母挤在一群男女中在米店板门外砰砰打门。）

母：（向一熟识妇人）黑市卖到□块一斤了，还买不到。

甲妇：米店都关门了，怕抢！

甲男：日本人就快进来了，这是三不管的时候。

乙男：铜锣湾那边已抢起来了。

甲妇：嗳，唐太太，你们得小心，你们南子是出名的红歌星呢！

（众注意母，母慌张，匆匆去。）

C.O.

第十五场

景：南家

时：日

人：南、南母、南父、南弟妹等

（母回，惊见大门开着，入内，什物凌乱，箱柜倒翻在地，南与家人被倒锁在厨房里，包括瘦弱萎顿的父亲与病着的二妹。祖母呜呜哭着。母开门入。）

一孩：妈！强盗！

父：强盗来过了！

D.O.

第十六场

景：街道

时：日

人：日兵数人、行人

D.I.

（特写：街上日文布告。

（地下横尸未收，日兵在捆衔铁丝网前站岗，并搜查行人。）

D.O.

第十七场

景：南家

时：夜

人：南、南母、弟妹及家人

D.I.

（南家弟妹室：弟妹们已睡，母立窗前向外看。）

一孩：妈！肚子饿！

母：（轻声）别嚷嚷，把弟弟妹妹都吵醒了。

孩：我睡不着！

另一孩：（醒）妈，我饿！

母：别闹，姐姐回来就有钱了，我们买米，做饭，啊！

二妹：姐姐到哪儿去了？（说了句话就咳嗽不止）

母：（拍她背）喝杯水？（她摇头）姐姐去跟雪宫的老板借钱去了。

（回头见祖母焦虑地立门口）

祖母：咳得那么厉害？

母：（拍二妹）别说话了，睡会儿。（出至南室，低声向祖母）我看她这两天不大好。

祖母：等借了钱来给她买药去。

母：这时候往哪儿去买？

祖母：有钱还怕没路子？

C.O.

第十八场

景：南女友家

时：日

人：南、女佣

（在门过道内南与女佣谈话。）

佣：我们小姐到日本去了，要六个月后才回来呢！

（南思索着。）

佣：你找她有什么事吗？

南：（神智稍清）噢！我是她的同学，想找她聊聊天，没有什么事，谢谢你。

（南忧郁地慢步退出，离去，女佣关门。）

C.O.

第十九场

景：胖妇家门口连街道

时：日

人：南、胖妇、女佣、二小孩

（南与胖妇讲话，女佣、二小孩望着。

（南讲话，无声，只见嘴动。

（胖妇嘴动，摇头，同情地，慢慢正要把门关上，二小孩拿了一包食物递给南。

(南望了望，终于接受，拖了沉重的脚步垂头丧气地离开，在街上走。)

D.O.

第二十场

景：赵先生家门口

时：夜

人：南、赵先生、赵太太、女佣

(南慢慢在行人道上行，行至赵家按铃。

(女佣开门，南趋前讲话，女佣点头回入，南站门边等候。

(赵先生走出，一见南凶光满面。

(南一见已知无钱可借，往后退一步。

(赵太也在赵先生身后出现，二人指手划脚骂南，南转身向镜头处跑，女佣关门。

(南对镜行，满面泪水呜咽着。)

C.O.

第二十一场

景：街道（同第十四场）

时：夜

人：日本兵，南子，夫妇一对

（下大雨。

（日兵搜查夫妇一对，对女稍加侮辱，女夫忍受。

（南拖疲乏的身躯行至，见情形稍惊，但仍鼓勇前进。

（日兵见南子，垂涎，让夫妇通过，转向南子。

（南忍辱受检。

（日兵满足后，放南子行。）

C.O.

第二十二场

景：南家

时：夜

人：南子、南母、祖母

C.I.

母：（看表）唉！这么晚了，怎么南子还不回来？

祖母：这时候人家自己也为难，谁还肯借钱给我们的。

母：王太太答应去跟老赵借，可是老赵是有条件的，他追求了南子好几年了——（闻足声住口）

（南入，捻开画黑线的幽暗的电灯。）

祖母：借到没有？

（南摇头，掷皮包于床上，自己也晕倒，二妪面面相觑抢救。[O.S.] 弟妹室中一阵狂嗽声。）

O.S. 孩：姐姐回来了，妈去买米去。

O.S. 孩：我肚子饿！

O.S. 另一孩：妈，饿得睡不着。

南：（苏醒，嗓已哑）妈，过一天你去找王太太去！

母：找王太太没用。

南：你叫她找老赵去。

母：（看南）南子你的嗓子怎么忽然哑成这个样子了？

南：（流泪，不耐地）去呀！

（母去。）

D.O.

第二十三场

景：旅馆过道

时：夜

人：南，侍役二人，旅客甲

（茶房正代一客开房门，南艳装走过，客目送。）

客：这一个真漂亮啊！

茶房：（轻语）这是大名鼎鼎的红歌星。

客：哦？可以叫她来吗？

茶房：她不是普通跑旅馆的，你先生有意思，我可以替您想法子，

不过价钱大点——（凑近打手势示一数目，客吐舌）我先给你介绍一个，包你又漂亮又实惠。(同入室)

C.O.

第二十四场

景：旅馆客室

时：夜

人：南子、赵

C.I.

（南至甬道末端一室，敲门，推门入，旋身面里，乃赵，南色变。）

赵：(笑）嗳咦！好久不见了！

南：(强笑）可不是，好久不见了！

赵：你想不到吧？

南：我听说是纱厂帮姓赵的，没想到是老朋友。

赵：我听说你改行了，不能不来捧场。

南：你真周到。

赵：(拉坐沙发上）我倒要看看你现在还搭架子不搭。

南：老朋友嘿，搭什么架子！

赵：来来来，唱一个《□□□》(伍初次去雪宫时所唱)

南：改行了，不唱了。

赵：(半开玩笑地）不唱？不唱你小心点！（摘下口中烟蒂烫南面颊一下)

南：（忍不住轻声）嗳哟！——别闹！

赵：你唱不唱？唱不唱？

南：（笑躲）真的，我嗓子坏了，要不怎么改行呢？

赵：嗓子坏了也得唱！

（南略耸耸肩，唱，唱到一半泪盈眶，唱不下去。）

赵：怎么了？又不唱了？

（南伏在一臂上哭。）

赵：你少装腔作势，等我来好好地对付你。（一把揪起她）

南：你还要怎么着？

赵：（狞笑）还要怎么着？你等着瞧！

（赵一件一件地脱南衣服戏弄她，她流泪忍受。南忽拼命挣扎，将他猛推倒跌，惊慌，逃出门去。）

F.O.

第二十五场

景：妓院

时：日

人：南子、鸨妇

C.I.

（一座旧楼的二层楼上。南与鸨妇谈。）

鸨妇：王太太都告诉我了，这种人你跟他结下冤仇，可真是麻烦，他真会叫人浇你硝镪水。你既然出来做，不如索性到我这儿来做，我们有打手给你做保镖，谁也别想跟你捣乱。哪，我先借两千五给你，你签个字。

（予笔与借据。

（南木然持笔，旋作决定，签字。）

F.O.

第二十六场

景：街道

时：夜

人：南、伍、路人

F.I.

（二年后，灯光管制下的冬夜，南在闹市中走，故意敞开大衣，两手撑在袋里露出曲线，眼光扫来扫去找顾客。商店橱窗里布置着新年礼品，门头上挂着“恭贺新禧”。一个唐装中年男子立在橱窗前看，南凑近立在他旁边，他看看她，她一笑，他走开。

（南向前走，一家咖啡馆内正播送她灌的唱片。她不胜沧桑之感，曲终不禁泪下，正拭泪再向前走，仿佛耳边有伍的声音叫：“南子！南子！”她不耐地摇摇头撇开这幻象，正走着，伍自后赶来。）

伍：南子！

南：——你回来了！

伍：我叫你怎么不理？我还当是认错了人！

南：你几时回来的？

伍：快三个月了，到处找你找不到，你怎么搬了家也不告诉我？

南：那时候正打仗。

伍：打仗的时候信件都不通，我真急死了，我知道香港轰炸得很厉害。

南：真要是炸死了倒也好。

伍：你为什么说这种话？

南：（不时嗟吁）唉！我们分别的太久了！

伍：才两年多！这两年你一定吃了许多苦！

南：你觉得我变了没有？

伍：（打量她，一时无从说起）你还戴着这个？

（南苦笑，拿起福字看。）

伍：所以运气这么好，会在路上碰见。

南：嗳，真巧。

伍：你家里都好？

南：（点头）你母亲好？

伍：（点头）到你那儿去谈谈好吗？

南：我那儿不大方便，还是明天我来找你吧。

伍：（一怔）……你是不是结婚了？

南：（顿了顿）没有。

伍：今天是阳历除夕，不像吧？香港到底是香港，还是挺热闹！（走过一舞场，一时冲动）进去看看好不好？

南：太晚了，我该回去了。

伍：今天难得的，大除夕。

南：我不过阳历年。

伍：（愤激地）老朋友见面，难道不该庆祝？

（南只得偕入。）

第二十七场

景：舞场

时：夜

人：南、伍、客人、侍役、乐队

（伍、南入，内布置新年灯彩，“Happy New Year”大金字，正值午夜狂欢，男男女女戴着吹纸喇叭，空中彩纸条搅成一团。伍、南刚找到一张桌子，音乐换了《是否应当忘记故人？》二人互视，共舞，一女歌手上台唱。）

伍：（皱眉）我不愿意听别人唱这歌。

南：那我们走吧！

伍：不，多玩一会。（跳到外面洋台上，遥闻场内歌声）

伍：我回来得太晚了，是不是？

（南不语，泪下，歌声继续，但他们停止跳舞。）

伍：你跟我走。

（南摇头，伍四顾无人，抱着南耳语。）

伍：跟我走，我礼拜六动身，去星加坡，在那边做事。

（南默不出声。）

伍：你答应我了？

（南没有表示，但终于点头。他抱得她更紧点，歌声继续。）

第二十八场

景：妓院

时：夜

人：南，伍，鸨妇，妓女二三人

（同夜二时，楼下，南入门上楼梯，伍跟入。）

伍：南子！

南：（焦急地）你答应不送我回去，干吗跟着我？

伍：太晚了，我要送你回家，这地方不大好。

南：你走吧，我明天打电话给你。

伍：让我看看你住的地方。

（南无奈，引伍上楼，一个风骚的女人正迎面走下来，楼上一架留声机唱着淫艳的调子。）

一个女人的声音：（从房间里喊）阿金，去买一碗牛肉面，一碗排骨面！

（南、伍在过道中遇见一个拖鞋唐装男子吐痰走过，南引伍入己室，关门，仍可听见嘈声。）

伍：你倒不嫌吵？

南：这儿房租便宜，离我做事的地方又近。

伍：你的钢琴呢？

南：早卖了。

伍：你还唱歌不唱？

南：好久不唱了。

（隔壁一阵浪笑声夹杂着咒骂声，南极力掩饰。）

南：好了，你该走了，我的房东太太古板，三更半夜来客，她不高兴。

伍：好，我走了，我明天替你买箱子，送你几件最漂亮的服装，记着，我们礼拜六动身。

南：礼拜六几点钟走？（南问完后心中更难过，但装出快乐的样子）

伍：晚上十点钟开船。明天见！（开门出）

（南送下楼梯，鸨妇在楼上探身招呼。）

鸨：不再坐会儿？过天来玩！

伍：这是谁？

南：是我的房东太太。

伍：（低声）挺和气的嘿！

（南苦笑。

（伍去，南望着他的背影发怔。）

F.O.

第二十九场

景：街道及电话亭

时：日

人：南、行人

C.I.

（次日，南一面想一面走，忽然下了决心，走入电话亭打电话。）

南：德建，我昨天仔细想过了，我实在不能跟你走，你就当我死了，你忘了我吧。（伍讲话第三十场一段）你千万别到我那儿去找我，我已经不在那儿了，你去也没用。（挂断后一人痛哭）

C.O.

第三十场

景：伍卧室

时：日

人：伍

C.I.

伍：（听电话紧张地）不，不能这样，南子你跟我一起去，没有你我活着也没有意思……喂！喂！南子！南子！……

（伍听对方挂断线，挂上电话，忙穿上上衣，冲出房门。）

C.O.

第三十一场

景：妓院前街道

时：日

人：伍、鸨妇、流氓、行人

C.I.

（伍失魂落魄自妓院踉跄出，鸨拉他不住。）

鸨：（立门口骂）胆子倒不小，还上这儿来打听。准是跟你跑了，要不怎么你昨天来，她今天就跑了？告诉你！她欠我的钱一个都不能少，不然她别想再在香港、澳门做生意。（向电杆上倚着的二流氓一努嘴）

（二流氓打伍，伍受伤，但突围而出。）

D.O.

第三十二场

景：街道（同第二十六场）

时：黄昏，路灯已着

人：伍、妓女、行人

D.I.

（伍在前遇南的闹市中寻觅。

（夜。伍在原处寻觅，看每一个阻街女郎，她们向他兜搭。伍失望，一直朝前走去。伍越走越远，人愈来愈小。）

F.O.

第三十三场

景：轮船码头

时：夜

人：伍、南、旅客、送行人

(伍在去星加坡的船上，无精打采地靠在栏杆上向下望无数之送行人。

(船下送船人一片兴高采烈。

(船上旅客亦高兴地向下摇手。

(唯独伍一人向下呆望着。

(在人丛中有一遮头穿破衣人，杂在其中，挤向人群前。

(船上的人仍与下面呼喊。

(伍望左右之人，又向下寻找，希望能见到什么似的。

(人丛中，遮头人已站在前面，偷露半脸向船上找人。

(伍向下望似有所见，但又放弃希望。

(遮头人似有所见，面露欢色。

(伍注意遮头人。

(遮头人紧张中为人所撞，手中物被撞地下，噹啷作响。

(一个大圆金饰在地下一路滚。

(遮头人面露慌色，追失去物。

(伍注意，遮头人行动。

(金饰滚向船边，慢慢转停，乃一大福字金饰。

(伍注目见到大喜，匆匆离开船上人群。

(遮头人行近金饰。

(伍从吊板上匆匆跑下。

(遮头人蹲地拾金饰，伍入镜扶遮头人，遮头人回身见伍，伍退去遮头人头巾，赫然为南子，扶南起。

(南忍无可忍,放声哭出,伍亦泪水夺眶。伍终于扶南走向船去，二人于泪眼中露出笑容，走上吊桥。)

F.O.

剧终

*国际电影懋业有限公司油印本（据此所摄影片于一九六四年七月公映)。初载一九九三年四月台北《联合文学》第一〇二期。

南北喜相逢

人物

汤德仁——北籍，地产公司经理

汤采蘋——北籍，汤女

李倩荔——粤人，汤外甥女

简良——粤人，教员，蘋之男友

吴树声——北人，教员，荔之男友

吴父——北人，地产经纪

阿林——粤人，简与吴之友

林妻

阿德——粤人，校役

第一场

景：中区某大厦（外景）

时：日

F.I.

（中区闹市某幢大厦外貌。

（镜头由楼下向上摇，直至最高层。）

D.O.

第二场

景：置产公司经理室

时：日

人：汤德仁

D.I.

(“南北置产公司”中英文铜招牌Diss.。

(“经理室”Diss.。

(对讲电话铃响。

(汤接听。)

汤：喂，我是……（突然恭恭敬敬地起身）董事长！有什么吩咐？……好，我马上来。

(汤挂电话出。)

D.O.

第三场

景：置业公司董事长室

时：日

人：汤，董事长，董事甲、乙、丙、丁

C.I.

(门外。汤至，略整理衣服，叩门。

(O.S.“进来”，汤推门入。

(汤入室一望，暗吃一惊。

(写字台正中坐董事长，董事甲、乙、丙、丁分坐两旁，神态严肃，一如开军事法庭般。)

董事长：请坐。

(汤战战兢兢地来至董事长对面坐下。)

汤：董事长找我有什么事吗？

董事长：汤经理，你有没有注意今天报上的消息？

汤：消息？……

董事甲：是有关本公司的。

汤：（苦思）唔……（苦笑摇头）

董事乙：你身为本公司经理，怎么连有关本公司业务的消息都不注意？

（汤愕然。）

董事丙：难怪本公司的业务一年不如一年。

董事丁（粤人）：你呢个经理点做㗎？

汤：（不知如何应付）董事长，究竟是什么消息？

（董事长将面前报纸向汤一扔。）

董：你自己看吧！

（五人起身走开，汤持报乱翻。）

董：（回身说）有关美国侨领简兰花女士的那段。

（汤细看，发现。

（报纸，写美侨商领袖简兰花女士不日抵港，将在本港投资地产事业，港九商会及妇女会准备联同作盛大欢迎。）

汤：（看毕会意）董事长是不是想争取这笔投资？

董：对了，根据我们的情报，这位简兰花女士，这次准备在香港投资的数目，大概是壹千万美元。

汤：（大感意外）壹千万美元？

董：（点点头）本公司的业务近来一年不如一年，尤其是今年，要是再不好好地大干一场，恐怕就要宣布破产了，所以这一笔投资一定要想办法非把它争取过来不可。

汤：董事长的意思是……

董：我们希望你能负责跟这位简兰花女士联络。

董事甲：要想尽一切的办法。

汤：可是我跟这位简兰花女士素不相识……

董事丁：唔识就要想办法识佢至得㗎。

董：要是你不能跟这位简女士联络上，把这笔投资拉到我们公司里来的话……

董事乙：要是这笔投资给别家公司抢走的话……

董事丙：那么……

汤：（紧张）怎么样？

董：请你带了你的辞职信来见我。

汤：（着急）董事长……

董：（拦住）这是我们董事会的决定。

（汤目瞪口呆。）

C.O.

第四场

景：置业公司经理室

时：日

人：汤，职员十数人

D.I.

（十数职员围立在汤面前。）

汤：我要你们想尽一切办法打听简兰花女士，什么时候来，坐什么飞机，住什么旅馆，有什么人跟她一起来……

职员甲：可是我们根本不认识这位简兰花女士。

汤：不认识就要想办法去认识。（或说粤语）

职员乙：可是……

汤：（拦住）要是你们不能跟这位简女士联络上，要是你们不能打听到这位简女士的消息的话……

众职员：（同时）怎么样？

汤：带了你们的辞职书来见我。

众职员：可是……

汤：（拦住）这是我的决定，快去。

（各职员奔跑而去。）

C.O.

第五场

景：置业公司办公厅

时：日

人：职员十数人

C.I.

（各职员纷纷来至自己座位上打电话。

（用快速镜头拍。

（有询问航空公司的。

（有询问旅行社的。

（有询问酒店的。

（各人一个电话接着一个电话打。

（办公厅内一片纷乱。）

第六场

景：郊外

时：日

人：简、蘋、吴、荔

D.I.

（一堆野餐道具中一张报纸的近镜——有简兰花抵港消息。

（荔的手进镜取报纸起，镜头跟上见荔面，荔看报——这时看见荔与吴，背对背地坐在草地上。）

荔：（向吴）头先简良话嘅姑妈，系唔系就系呢个简兰花女士呀？

吴：是的，听说在美国是个大富婆，开了好几间商行，是个挺有本事的女人。

荔：简良有个咁有钱嘅姑妈仲使乜成日呻穷呀？

吴：他们一向不来往的，要不然也不会跟我一样当这么一个穷教员了。

（荔叹气，起身走开。

（吴见状跟上。）

吴：其实简良跟采蘋两个人的婚事，一定要采蘋的父亲同意是合理的，可是采蘋的父亲是你的舅父，你跟我两个人的婚事，为什么也一定要得到他的同意呢？

荔：因为我妈妈临死嘅时候，指定我舅父做我嘅保护人，遗嘱上写明，如果冇我舅父嘅书面同意，我就唔准结婚……其实，鬼叫你穷咩，如果你有钱，我舅父梗同意嘅。采蘋都系呀，如果简良有钱呀，佢地两个早就结咗婚啦。

吴：要是按这么说，那简良这一次，一定有希望啦。

荔：点解呀？

吴：你刚才没有听见简良说吗？他姑妈打听到在香港有这么一个侄儿，写信给简良跟他见面。

荔：系？

吴：（点点头）要是他姑妈肯拿一笔钱出来给简良办事业，那他们的婚事不就有希望了吗？

（在郊外的另一面——简与蘋在漫步。）

蘋：我看没有太大的希望，你姑妈跟你都有十几年没有见过面了，怎么会一见面就给你钱办学校呢？

简：你讲得都几啱……不过，唔通我地两个嘅婚事就咁算数咩？你爸爸就算死都唔肯俾你嫁我呢个咁嘅穷鬼。

（简、蘋默默无言地走着。）

简：（忽想起）唔啱攞我姑妈写俾我嘅信，俾你爸爸睇吓，证明我有个咁有钱嘅姑妈，就算你爸爸暂时唔应承我地嘅婚事，都唔会唔准我地来往呀，咁以后我地约会就唔使好似而家咁偷偷摸摸啦。

蘋：（摇摇头）不行的，我爸爸是个老顽固，而且最讲究现实。要是你拿了这封信去跟我爸爸说，说不定我爸爸还会说你骗他，大骂你一顿。

（简作一无可奈何状。）

蘋：现在几点钟啦？

（简掏出一古老挂表。）

简：（看表）就快五点钟啦。

蘋：（失声）啊呀，爸爸就要回家啦，我们快走吧。

（二人奔出。

（吴与荔已在收拾一切。

（蘋、简携手奔来。）

荔：睇吓你两个呀，倾到晕晒浪，我估你地唔记得番嚟添呀。

蘋：快别多说咯，我们一定要赶在爸爸头里回家，要不然给爸爸知道了，又是一顿臭骂。

荔：一系惊得咁凄凉。唔怕，而家舅父都未落写字楼。

（吴收拾好东西。）

吴：走吧。

（四人出。）

D.O.

第七场

景：汤家门口

时：日

人：简、蘋、荔、吴、汤

D.I.

（四人由楼梯上，至门口。蘋取门匙开门。

（简、吴将手上东西交荔。）

荔：你地扯啦，如果一阵俾舅父睇到，又是闹嘅啦。

（简、吴点头回身走。

（二人刚下梯级，一看大吃一惊。

（汤已站在梯口，手提公文包，口含雪茄。）

简
吴：（战战兢兢地）老伯。

（蘋、荔闻声回望也吃一惊。）

汤：好小子，又来引诱我的女儿跟我的外甥女儿啦！

吴：老伯，你听我解释。

汤：用不着解释，我已经警告过你们两个好几次啦，不准你们两个穷小子上门来……（边说边气势汹汹地走上楼来）

简：汤老伯，你唔好咁大火气住……

汤：你少开口，我一看见你这个小广东我的火气就更大。你放心，我家的小姐决不嫁你们广东人。

蘋：爸爸，你怎么啦。

汤：（见简、吴仍呆立在梯口，举起公事包作打状）你们还不跟我滚下楼梯。

（蘋、荔吃惊，欲下楼扶之。

（汤拦住。

（简、吴狼狈而逃。）

汤：（恨恨地）下次再让我看见你们上我家来，看我不打断你们两个人的狗腿。

（蘋、荔掩面入屋。

（汤随进。）

第八场

景：汤家

时：夜

人：汤、蘋、荔、女佣

D.I.

（夜。餐桌上蘋、荔低头吃饭，一声不响。）

汤：（噜噜苏苏地）要是以后你们再跟那两个穷小子来往，我就停止你们一切自由活动。

蘋：爸爸……

汤：尤其是你，你千万记住，我们汤家的人，以后永远不准嫁给广东人。你看倩荔的妈，就是因为嫁了个广东人，结了婚没两年就往外国一跑，十几年音信全无，把她们母女俩扔在香港，幸亏还有我这么一个舅舅，要不然她妈一死，倩荔不出去要饭才怪呢。

（荔默然。）

蘋：爸爸你怎么啦……

汤：我要你跟那个广东仔断绝来往。

（蘋一气放下饭碗回房。

（电话铃响。）

女佣：（接听）先生电话。

汤：(接听）喂……是的……什么？找不到大名鼎鼎的简兰花女士，怎么会没有人知道？

(荔注意。)

汤：你们这班混蛋都是干什么的？……查查看她可能用英文名字……英文名字叫什么？那我怎么知道……你们自己去打听。

(汤气愤愤地挂断电话回桌吃饭。)

荔：舅父，边个简兰花女士呀？系唔系美国华侨嗰个呀？

汤：女孩子家少管这些事。

荔：(自言自语地）唔理就唔理啦，不过我知道美国华侨嗰个系简良姑妈嚟嘅。

汤：(大吃一惊）简良的姑妈？

荔：系喇，你唔中意我理，我就唔理喇。(起身走)

(汤即起身拉住荔。)

汤：简良，是不是那个广东仔？

荔：系喇。

汤：就是追求采蘋的那个广东小子？

荔：就系你话第二次再见到佢上门，就要打跛佢只脚嗰个呀。

汤：你怎么知道他的姑妈就是简兰花女士呀？

荔：佢姑妈有封信俾佢，佢俾我地睇嚟，话有十几年未同佢见面啦，最近至知道佢响香港教书，呢次嚟香港要同佢见面呙。

汤：(大喜）那你快打个电话给他，问问他姑妈什么时候到香港，住什么地方。

荔：你唔系话叫我啲女仔之家唔好理呢啲嘢嘅？

汤：我的姑奶奶，你舅舅要是打听不到这位简女士消息的话，就要没有命啦。你快替我打个电话，要不，她住在哪儿带我去见她也行。

荔：咁又唔使咁急，叫采蘋打俾佢唔系得咯。

汤：(一想也是道理，高叫）采蘋，采蘋。(边叫边入蘋房)

C.O.

第九场

景：育德中学门口

时：夜

人：简、吴、校役阿德

C.I.

(简、吴二人垂头丧气地回校。

(校役室内——阿德一人在独酌。

(吴探首入望。)

吴：不错，还喝两杯。

德：吴先生，您回来啦，我是难得清闲，学校放暑假嘿。

吴：我们还没有吃饭，你喝完酒跟我们弄点饭好吗?

德：好，可是没有什么菜。

吴：随便什么都行。

德：好，我回头就跟你们拿来。

(吴偕简走向宿舍。

(阿德追上。)

德：简先生，您有一封电报。

简：多谢。（接过）

德：不客气，刚来，大概有半个钟头。

（简边行边拆电报。）

C.O.

第十场

景：学校宿舍

时：夜

人：简、吴、德

C.I.

（简、吴走入宿舍，简打开电报。）

吴：谁打来的电报？

简：唔知呢，系美国嚟嘅。

吴：会不会是你姑妈？

简：话唔定。（拆开，随手拿一本电报译本在翻）

吴：Orchid Gen 就是简兰花的英文名字。

简：系啦，佢话听日朝早抵港，叫我去接机呙。

吴：简良，这下子你的出头日子可到啦！

简：点解呀？

吴：还有什么“点解”的？你姑妈是个富翁，你把你开学校的计划给你姑妈看，请你姑妈拿钱出来投资，你姑妈是校董，你就是校长。

简：讲咁易咩，逢财主都系孤寒嘅，要佢地随随便便攞钱出嚟，仲辛苦过攞佢地条命。

吴：嗳，做人可不能这么悲观的。

简：仲话唔悲观喎，我而家就悲过你啦。

吴：又怎么啦？

简：听日去接机要车钱，姑妈嚟到梗要请佢食餐饭㗎，要饭钱，而家我成身得五毫子，点办呀？

吴：你预备请你姑妈上哪儿去吃饭？

简：我就想请佢去“马哥孛罗”。

吴：你有神经病呀，五毛钱请你姑妈上“马哥孛罗”？

简：最少都要揾间第一流嘅酒家，整番围鲍翅乳猪席至似样㗎。

吴：（作有学问状）你一点儿也不知道华侨的心理。你姑妈从小离开中国上美国去做生意，省吃俭用的，才成今日大富婆的地位。你跟她一见面就大排宴席，你姑妈一定对你有反感。

简：点解呀？

吴：第一，她一定会认为你是一个乱花钱的花花公子，对你不信任，绝对不会拿钱出来投资你的任何计划。第二，或许她认为你很有钱，于是也不会拿钱出来投资你的任何计划。你说对不对？

简：都几有道理，咁你话我应该点办呢？

吴：请她上学校来吃饭，叫阿德跟我们预备几样家常菜。华侨最喜欢享受家庭的温暖，让你姑妈把道地的中国菜　吃，你随便提出什么要求，你姑妈都会答应。

O.S. 德：吴先生，给你们拿饭来啦。

（阿德捧一盘饭菜置桌上。

（简良一看。

（两碟炒冷饭，两只荷包蛋和一碟腐乳。）

简：就请我姑妈食呢啲家常菜呀？

德：（误会）没办法，我不知您二位会回来吃饭的。

吴：（灵机一动拉阿德至一旁）阿德，你身上有没有五十元钱？

德：（迟疑）……

吴：我们有急用，一开学就还给你。

（阿德迟疑地由袋内取五十元出来交吴。

（吴大喜，数三十元交还给阿德。）

吴：这三十元你拿着，明天替我们预备点菜，简先生要请客。

德：请客？请什么客人？

吴：简先生的姑妈，刚从美国来的华侨，很有钱的。

德：美国华侨上这儿来吃饭？

吴：对了，跟我们预备一点家常菜，要在外国吃不到的。

德：吴先生，这倒不好办，外国有什么东西吃不到的，我可不知道。

吴：反正选我们常吃的就行啦。

（阿德自言自语地退出。

（吴持手上两张十元，一张交简。）

吴：这是车钱，这是我的交际费，（袋另十元入袋）改天你负责还阿德五十元钱。

（简接过十元，作一无可奈何状。

（阿德复入。）

德：简先生，我最近的记性很坏，忘了告诉你，刚才有一个姓汤的打了好几个电话给你，我请他回头再打来。

简：一定系采蘋嘅爸爸打电话嚟闹我地。

吴：(点点头向德) 回头要是再打来，你就说我们没有回家。

德：是。

(阿德回出，走廊上电话响。)

德：(接听) 喂……是的……

(简、吴由房内伸头出望。)

德：简先生回来啦……你贵姓？

(简、吴二人拚命向阿德摇手。)

德：你姓汤？……对不起，简先生还没有回来……(挂电话)

(简、吴为之吹涨。

(阿德来至二人前。)

德：简先生你放心，我给你回掉了……好像是个小姐的声音。

简：(大惊) 乜嘢声音话？

德：好像是个小姐的声音，说北方话的。

简：(对吴) 死啦，一定系采蘋。

德：(不明) 不要紧，我已经跟你回掉了。

(电话铃又响。阿德欲接，简、吴急忙阻止。)

简：(接听) 喂……我系……头先……头先听电话嗰个系阿德……佢上咗年纪，讲嘢梗系论尽嘅喇。

(阿德摇摇头走开。)

简：而家你爸爸唔响屋企咩？……乜话？你爸爸搵我？……

(简惊回望吴，吴凑在一起听。)

简：你……你爸爸搵我做乜嘢呀？……

C.O.

第十一场

景：汤家

时：夜

人：汤、蘋、荔

C.I.

（蘋与简在通电话，汤惊张地在一旁听着。）

蘋：我爸爸找你打听一个人的消息……就是你在白天告诉我的，你姑妈简兰花女士……对了，我爸爸想知道她什么时候抵达香港……明天？……（回望汤）……你怎么知道她明天到？……你刚接到她的电报……

汤：问问她明天什么时候到。

蘋：明天什么时候到？……上午十点半……PAA 飞机……

（汤大喜，向站在一旁的荔笑。）

C.O.

第十二场

景：学校宿舍

时：夜

人：简、吴

C.I.

简：佢叫我听日去接机……系……住边处？而家仲未知，我预备听日请佢食饭……

吴：问她们能不能来做陪客。

简：你地听日得唔得闲嚟做陪客呀？……响我地宿舍……你知喇，呢啲美国华侨唔中意排场，中意省俭，所以我请佢地嚟学校食饭……如果你爸爸唔信，唔啱请埋佢一齐嚟食饭喇……（得意地望望吴）……点话？……你爸爸应承你地嚟食饭？……（大喜）好好，听日见。

（挂电话，与吴相拥大笑。）

C.O.

第十三场

景：汤家

时：夜

人：汤、蘋、荔

C.I.

（蘋由电话处走向得意忘形的汤。）

蘋：好了，爸爸，现在你的困难全解决了。

荔．以后唔使打跛嗰两个穷鬼嘅脚啦。

（汤苦笑，猛吸雪茄，忽想起。）

汤：我马上打电话告诉董事长。

（汤打电话。）

汤：喂……请董事长听电话……还没有回来……好，我明天再打来。（挂电话）

荔：舅父，咁你听日同唔同我地一齐去嗰两个穷鬼度食饭呀？

汤：当然去……不过，你们先去，我得先上公司去报告董事长，跟分派各项工作……你们早点睡吧，明天早点起来打扮打扮，去吃饭。

（二人暗笑。

（汤欲回卧室又止。）

汤：（回头问）采蘋，你是不是真的看见简兰花女士给那个简良的信？

蘋：当然真的，倩荔也看见的，难道我们两个串通骗你吗？

汤：我对这件事有点怀疑，简兰花女士那么有钱，为什么她的侄儿会那么穷呢？

荔：早就话你知，佢地十几年未见面，最近简良嘅姑妈先知道佢响香港教书啦嘛。

汤：我怕这两个小子不怀好意，骗你们两个上他们那儿去吃饭。

蘋：那就打电话去告诉他们，明天不去好了。

汤：（急阻止）不，不，不，我是瞎猜罢了，不过最近出坏主意的男孩子太多，我怕你们会吃亏……这么样吧，明天要是一发觉简兰花女士没有来香港的话，那一定是一个骗局，你们得离开，千万要记住。

（汤说完回卧室。

（二女啼笑皆非。）

F.O.

第十四场

景：学校门口

时：晨

F.I.

(早晨。学校大门仍未开。

(阳光普照。)

C.O.

第十五场

景：学校宿舍

时：日

人：简、吴、德、吴父

C.I.

(宿舍餐厅内，简、吴在布置。

(忙碌非凡。

(阿德托一大木箱入。)

德：吴先生，学校里演戏的衣服全在这儿啦。(将木箱向地上一放)

吴：别放在这儿，搁到我们宿舍里去。

(阿德依言走向宿舍餐厅旁。

(简、吴二人已将餐厅布置妥当，回出。

（走廊上——阿德迎面来。）

德：吴先生，箱子搁在你们房间外面，厅里。

（说完欲走。简、吴二人连忙将德拦住。）

简：咪走至，我地仲有嘢同你倾。

（简、吴拖德走向宿舍，德莫名其妙。

（二人拖德至宿舍小厅内。）

德：二位还有什么事要我做的？

吴：我们今天还要你帮次忙，待会儿简先生的姑妈来啦，你得负责招待。

德：招待？

简：即系做我地嘅后生，有人客嚟咗，斟茶，食饭嘅时候斟酒装饭。

德：（略思索）那待会儿谁跟你们做菜？

（简、吴认为问得合理，互望。）

吴：那么这样吧，待会儿你到同兴馆去订一桌菜吧，五个人吃的。

德：五个人吃的菜？三十元钱，恐怕不够吧。

吴：（向简）你的十元钱给他。

简：唔得，我一阵要做车钱，你嗰十文俾佢啦。

（吴摸一摸口袋又止。）

吴：阿德，不够你再垫一垫吧。

德：行，行。（欲走）

（吴、简又将德拦住。）

德：我知道了，待会儿客人来了，我替你们二位侍候好了。

吴：不，要做就得做得像样，你要换套衣服。

德：我身上的衣服不行吗？

简：换番套白衫黑裤，至似模似样㗎。

德：我可没有这种衣服。

吴：你别着急，学校演戏的衣服里面有呀，所以叫你搬服装箱来，来来。

(吴拉阿德来至木箱前，简开箱。

(阿德无可奈何地听凭摆布。

(简取出一件旗袍，扔在一旁。

(吴取出一件女装西服，颇宽大。)

吴：这件衣服是谁穿的？（将衣服贴在身上一比）

简：上次阿林扮女人嗰阵时特制嘅，阿林肥喇嘛。(由箱中取出一女装假发）呢，佢戴呢个头套添呀。

(将假发向吴头上一戴。

(吴一笑，将假发及女服扔在一旁。

(简、吴最后寻出一套白衫黑裤来，量一量阿德身材，正合适，便交阿德。)

吴：你拿去烫一烫，叫好菜，就穿好了上我们这儿来。

德：行。(取了白衫黑裤走出)

简：(见一地服装）哗，挤晒响呢处唔得㗎，搬入房里边先。

吴：好，一起搬。

(二人合作将服装搬入房内。)

吴：(向简）你快换衣服，得上机场去喇。

简：得啦。(匆匆换衣)

(厅内——吴父探头探脑入。

(吴正由房内出。)

吴父：树声。

吴：(回头见父）爸爸，你今天怎么有空来？

吴父：走，跟我吃小馆子去。

吴：今天不行，恰巧约了个朋友来吃饭。

吴父：哦，请女朋友是不是？

吴：（不经意地咕哝了一声）有汤家姐妹俩。

吴父：（风趣地）怎么样？我什么时候娶媳妇？

吴：（摇头苦笑）根本谈不上，她舅父太势利。简良也许有希望，他有个阔姑妈，今天从美国到香港来。

吴父：姑妈有钱也不会传给侄儿。

吴：他这姑妈还没有结婚。

吴父：哦，不是她丈夫有钱？

吴：是她自己赚的，有好几万万美金的财产。

吴父：怎么不结婚？

吴：不知道，要不要给爸爸做个媒？

吴父：（笑）拿爸爸开玩笑。咳，想想也实在惭愧，一个女人，在外国打出天下，我呢自从到南边来，干了这行地产经纪，一年不如一年。（忽想起）简良的姑妈到底是谁？怎么会这么的有钱？

吴：昨天报上登的那个美国华侨侨领，简兰花女士。

吴父：（大感意外）就是要在香港投资地产的那个呀？

吴：对了。

吴父：（大喜）那得替我介绍一下。

吴：当然要跟爸爸介绍，让爸爸娶了阔太太。

吴父：我不是这个意思，我想做点生意，赚点佣金。（忽想起）对了，她还没有嫁人。（笑指吴）你是要我这个爸爸娶个阔晚娘，让你可以……

吴：（知误会）爸爸，不……

吴父：为了你自己的亲事，不惜出卖老爸爸呀！

吴：爸爸，你……

吴父：（慷慨地）好，爸爸决定为你牺牲。

吴：我是跟你闹着玩儿的。

吴父：见见面也没有关系。她什么时候到？

吴：今天请吃饭，主要的就是请简良的姑妈。

吴父：（自说自话的）那我回去换件衣服，待会儿来做你们的陪客。

（说完回身走）

（吴欲喊住又止，知吴父当真心动，不禁摇摇头。

（吴父行经玻璃门前，顾影自怜。）

吴父：（回头向吴）老喽，这些年我从来没打算娶填房，这都为了你。

（吴父匆匆离去。

（吴不禁苦笑。电话铃响，吴接听。）

吴：喂……是的……你是采蘋？……怎么啦……要简良听电话？……是不是你们不来吃饭啦？……

（简来至电话边。）

吴：你有话跟简良说？好，他现在在我身旁，我叫他听。

（吴将听筒交简。）

简：（接听）喂，采蘋……我就快去机场啦……当然系真㗎啦……唔通你都唔信我有个咁嘅姑妈？

C.O.

第十六场

景：汤家

时：日

人：荔、蘋

C.I.

（蘋在讲电话，荔在一旁。）

蘋：不是我不相信，是我爸爸不相信……他怀疑你借这个名义，骗我们上你那儿吃饭……唔，我爸爸要我们当心，要是你姑妈不在场，要我们马上回家……对了，所以我打电话告诉你……

C.O.

第十七场

景：学校宿舍

时：日

人：简、吴

C.I.

简：……你放心啦，我姑妈今日一定嚟嘅，佢嘅电报写得清清楚楚，话今日十点半坐 PAA 飞机到……系咁啦，一阵见。（挂电话）

吴：怎么啦，采蘋的爸爸不相信你？

简：就系，话我唔可能有个咁有钱嘅姑妈，话我地想呃佢地两个女仔嚟食饭㖞。

吴：(笑）真是狗眼看人低。

简：好，一阵接咗姑妈嚟，落咗佢棚牙至得。

吴：你怎么还没有换好衣服？

简：就得啦。

(简入宿舍。)

C.O.

第十八场

景：街道

时：日

人：阿林，债主A、B、C、D、E

C.I.

(债主五人拚命向前追赶。

(五人转弯入，四望不见有人。)

债主A：奇怪，怎么连个人影子都不见？

债主B：明明睇见佢走咗入嚟呢度㗎。

债主C：去嗰便睇吓啦。

(五人走向另一边出。

(垃圾桶中，阿林伸头出四望。

(五债主在另一边找寻。)

债主D：好容易才找到这小子，一转眼又给他走掉了。

债主 E：如果今日再揾佢唔到，我地呢啲债又唔知几时至收得番啦。

（五债主边寻边走出。

（阿林轻手轻脚爬出垃圾桶。

（回身欲逃，脚踢到东西，发出声响。

（债主 A 回头看见。）

债主 A：（高叫）在这儿啦！

（阿林立即奔跑。

（五债主集合追赶。）

C.O.

第十九场

景：学校门口

时：日

人：阿林，债主 A、B、C、D、E

C.I.

（阿林匆匆逃入，发现眼前是学校。

（阿林赶紧逃入校中。

（阿林奔向校舍。

（五债主追入，又不见阿林踪迹。）

债主 A：奇怪，怎么又不见啦？

债主 B：我地好似睇神怪电影咁，唔通嗰个阿林晓飞天遁地嘅？

债主 D：嗳，会不会逃到这间学校里面去啦？

债主 C：话唔定嘅，我知道佢有两个老友，响呢处教书嘅。

债主 E：咁就入去揾吓啦。

债主 A：不行，要是不在里面的话，小心给学校里面的人赶出来。

债主 D：那我们就在这儿等着好啦。除非他不出来，要是一出来的话，一定给我们看见。

债主 A：对。

（各人附和。）

C.O.

第二十场

景：学校宿舍

时：日

人：阿林、简、吴

C.I.

（走廊上，阿林苦苦拉住穿着整齐的简良。）

林：阿简，你今日无论如何都要救救我至得。

简：救你乜嘢得㗎？

林：借二百文俾我。我啲债主一路咁追住我，追到我走投无路。

简：对唔住啦，今日我啱啱冇钱。

林：你点都要想办法。

简：咪阻住我啦，我要去机场接机呀！

林：接边个呀？

简：接我姑妈呀，我已经唔够钟啦。(取挂表出看)

林：真系冇钱就借只表我当一当啦！

(阿林由简手上抢过袋表。)

简：我要用㗎！

林：下礼拜赎番出嚟俾你。(一看表)原来系老古董，唔当得到钱嘅。

(袋入自己袋中)

简：喂，系我㗎！

林：哦（还表）……

(吴出，见简尚未走。)

吴：简良，你怎么还没有去呀？

简：而家去啦！(奔出)

(阿林目标移向吴。)

林：喂，阿吴啊，你借二百文俾我得唔得呀？

吴：我哪儿会有钱呀！

林：阿简冇钱你又冇！

吴：我真的没有！（入房）

(阿林追入。)

C.O.

第二十一场

景：学校门口

时：日

人：简，债主 A、B、C、D、E

C.I.

（简由学校内匆匆出。

（债主B看见迎上。）

债主B：喂，老友，阿林系唔系响里边呀？

简：阿林，边个阿林呀？

债主B：呢，肥肥地嘅个，你老友呀。

简：（因欲赶飞机，不耐烦地）响处！（匆匆离去）

（债主B向另外四人挥手。）

债主B：阿林响里边呀！

（各债主入校。）

C.O.

第二十二场

景：学校宿舍

时：日

人：林，吴，德，债主A、B、C、D、E

C.I.

（阿林仍在跟吴纠缠不清。

（一直由外面小厅追入房内。）

吴：我的爹，我身上没有钱，你叫我拿什么借给你？

林：冇二百都借住一百呀，等我顶住档先，门口成班人守住，我有钱唔出得门口㗎！

吴：你看，我全身就是这么一张十元钱，还是跟佣人阿德借的。

（不料阿林将十元一手抢去。）

林：好啦，好啦，十文都好！

（林持十元转身而去，吴欲阻，叹气作罢。

（林持十元甫出厅，闻走廊尽头债主等 O.S. 声，惊望。

（阿德正拦住各债主。）

德：你们别乱闯，到底找谁呀？

债主 A：我们找那个叫阿林的胖子。

德：我们这儿没有胖子，所有学校里的先生都是瘦子。

（阿林大惊，回身入房。

（吴见林回，不禁皱眉。）

林：（推吴向门外）大佬，你快啲同我出去顶住先，俾佢地揾到我就命都冇！

吴：什么事？

林：（指指外面）啲债主揾到入嚟啦！（向吴作揖）拜吓你啦，唔该你同我拦住佢地。

（林推吴出，关上房门——不下锁。

（吴莫名其妙。

（债主业已来至厅外。）

债主 B：边个话冇，先头出去嗰个先生话佢响里边。

吴：你们吵什么？

德：他们说有一个什么叫阿林的胖子，在我们这儿。我说没有，他们不相信，硬撞进来。

债主 A：刚才出去的一位先生说，他在你们这儿。麻烦你叫他出来，我们跟他收几笔账。

(各人附和。)

吴：对不起，我们这儿没有这么一个人，请诸位到别的地方再去找找看吧。

债主 C：他们一定是串通骗我们，我们搜！

(各人一声高呼，分头搜查。

(吴、德无法阻拦。

(债主 A 推开房门入。

(吴着急。

(房内空无一人。

(债主 A 见浴室门虚掩，推门入。

(但闻浴室内一阵女子叫骂声。

(债主 A 狼狈逃出，阿林已穿上女装——刚才吴、简扔在一旁的女装假发——由内追出。

(另外四债主闻声来至房门口。

(阿林手举扫把将各人打得狼狈而逃。

(阿德愕然。

(吴暗笑。)

C.O.

第二十三场

景：机场接客处

时：日

人：简、乘客、机场人员

C.I.

（旅客络续由海关出。

（简良探头四望。

（一老妇持行李出，立定四望。）

简：（疑惑地上前，低声陪笑）你系唔系……姑妈？……我系简良呀！

（妇瞠目相向，身后来一男子操英语大声喝道。）

华侨：去去，我们不住旅馆，也不用导游。

（简忙走开，再向旅客群打量。

（一穿西服御眼镜单身妇人出。

（简谨慎地迎上。）

简：（怕再撞板）请问贵姓呀？我叫简良。

（妇以一连串泰国语厉声回答。

（众注目。

（简走避。）

Diss.

（乘客已将走完，唯一可能乃一夏威夷装胖子徐娘戴花圈手提皮包出。）

简：（硬着头皮迎上）姑妈。

（徐娘拥吻简。

（简大喜。）

徐娘：（以花圈加简颈）Aloha！

（简怔了一会。

（简来到航空公司柜台前。）

简：唔该你查一查，有一位简兰花女士，系唔系坐头先嗰班飞机嚟㗎？

职员：佢英文名叫乜嘢？

简：佢英文名叫 × × ×。

职员：（查簿）佢临时退票，改咗下个月。

简：乜嘢话？

职员：佢今日唔嚟啦，要下个月至嚟。

简：下个月几时呀？

职员：（用英文说）我不知道。

（简丧气而出。）

D.O.

第二十四场

景：学校宿舍

时：日

人：简、吴、林

D.I.

（简套着花圈气急急地奔入宿舍。吴迎上。）

吴：怎么啦？你姑妈接到了没有？

简：冇呀，改咗下个月至嚟喎。

吴：那糟啦，一会儿倩荔她们来了怎么办？

简：有乜点办啫，将实情话俾佢地听，唔系得咯，整定今日餐饭食唔成㗎咯。

吴：那可不行呀，饭吃不吃倒不要紧，这一下子，真成了我们骗二位小姐来吃饭啦，还有采蘋的爸爸来了，又该怎么说呢？

简：就系一日都系你话叫佢地嚟食饭，而家点搞呢？

吴：别急，另外想办法。

（二人彷徨无策。

（房门开处。阿林探头出望，身上仍穿女装，假发拿在手上，见简招呼之。）

林：喂，阿简，你番嚟啦。

简：你做乜扮成咁鬼五马六呀？

林：一日都系你咯，话俾啲债主听，话我响呢处，等佢地入嚟四围咁搵，就系靠扮成咁样先至过得骨啫。

吴：你刚才要是在这儿，准会把你给笑死。

林：（向简）喂，头先你番嚟嗰阵，有冇见到班友，仲响唔响门口呀？

简：唔觉眼噃。

林：等我睇吓先。

（林走向宿舍大门伸头向校门张望。

（吴望之，忽然灵机一触。）

吴：有办法啦！

简：点呀？

吴：你看，（指阿林）那不是你的姑妈？

简：我姑妈？（明白）叫阿林做我姑妈？咁点得呀。

吴：这是你没有办法中的唯一办法，我看你就将就点吧。

（阿林回入。）

林：唔得，门口好似仲有人企响处，唔理佢地系唔系债主，我都系扮成女人至扯啦！

（阿林入房。）

简：我睇都系唔得嘅。

吴：你还要“唔得”呢，不知道阿林肯不肯。来，去跟他谈谈。

（阿林在房中对镜戴假发。

（简、吴入。）

林：（回头问简）喂，你睇我似唔似？（发现简身上花圈）呢味嘢我啱用。

（阿林取下简花圈，自己戴上。

（林扭数步草裙舞。）

吴：喂，不能这样，你要做简良的姑妈，态度要庄重点。

林：你话乜嘢话？（不明地）

吴：你得做简良的姑妈。

林：（不信）我……做简良姑妈？

简：系啦，头先我去接机，我姑妈没来到，所以要你代替做一次。

（林作不屑状，摸摸二人的额头。）

林：你地两个冇事啦吗，无端白事真系叫我做女人，冇你地咁好气，再见。

（林走，二人急拦住。）

林：咪阻住我啦，我要去扑水还债呀！

（简、吴将林拖回至室中，使林坐定。）

吴：不要这么急，在我们这儿吃了饭再走。

简：我地已经响同兴馆订咗三十文菜。

吴：（顺手取出大半瓶酒）你看，还有最好的白兰地。

林：就系你地请我食龙肉都系假，我今日如果扑唔到水，我实行过唔到骨㗎！

（林起身走。简、吴即忙将林拉住，再拖林坐下。）

吴：没有关系，钱我们替你想办法。

林：头先你地又话冇钱？

简：我地个校役阿德有钱，一阵我地想办法替你同佢借呀。

林：（不太相信）我要二百文嚡！

吴：包在我身上。

（林觉得简、吴二人待他好得太奇怪。）

林：你地两个做乜忽然待我咁好？

吴：就是想你暂时做一天简良的姑妈。

林：点解要我代啫？

简：等我讲俾你听啦。

C.O.

第二十五场

景：学校门口

时：日

人：荔、蘋

C.I.

（荔、蘋二人手持盒装鲜花四寻而至。

（校门关着，二人站铁门外向内张望。）

荔：呢处几清静嚡。

蘋：怎么这么大一间学校没有人的？

荔：放假啦吗？

（荔四望见门铃，按之。）

C.O.

第二十六场

景：学校宿舍

时：日

人：简、吴、林、德、荔、蘋、吴父

C.I.

（简、吴已将情形说给林听。）

简：噏，你记住，你个名叫简兰花。

林：芥兰只有菜嘅啫，边有芥兰花㗎？

简：你姓名嚟㗎。

林：嗯，（沉思片刻）你地请我食饭？

吴：对啦。

林：仲同我想办法借二百文？

简：系啦。

林：只要我做一次假姑妈？

吴
简：（同时）对啦。

林：你地两个做乜对得我咁好？我稔来稔去都系制唔过，再见。（起身飞奔而出）

（简、吴连忙将林拉住。

（二人将林按在椅上。）

吴：要是你不帮我们这次忙，我们就绝交。

简：仲有你响外边嗰啲风流艳事，我含白冷讲晒俾你老婆听。

林：要胁我，我都系唔制。

（乘二人不留意起身欲冲出。

（二人急忙拦住，不意林收步。

（简、吴二人扑空，互相对撞。

（林哈哈大笑。

（阿德入。）

德：简先生，有二位小姐找你，一位是姓汤的。

简：死啦，佢地嚟啦，请佢地入嚟啦。

（德退。）

林：拜拜。（欲行）

（吴连忙拉住。）

林：我唔制。

（吴掩住林口，简出接二位小姐。

（室外德引蘋、荔入。）

简：你地咁早嚟嘅？（向蘋）你爸爸乜嘢时候嚟呀？

蘋：他要下了办公再来，你姑妈来了没有？

简：嚟咗，嚟咗。

（引二小姐入室。

（二小姐入室一看。

（林在地上被吴按着嘴。

（吴见二小姐入，急忙拉林起身扶林坐下。）

吴：简小姐不小心摔在地上。

简：姑妈，呢位系汤小姐，呢位系李小姐。

蘋：您好。

（林茫然不知所答。

（简在二小姐背后打手势令林说话。

（吴暗中踢林。）

林：（痛苦地笑着）你好。

荔：简小姐，呢个送俾你。

林：多谢。（接过，忽除下花圈）呢个送俾你。

（林代荔套头上。

（简恐慌，高声咳嗽示意。

（林看他，不明所以。）

蘋：（回望简）你怎么啦？

简：冇，冇嘢呀。

荔：你面色好似唔系几好。

吴：（急解围）他今天第一次看见姑妈，大概心里又欢喜，又难受。

简：系啦，系啦。

蘋：我们也等不及要见他的姑妈。（走向林笑）

林：系咩？

（林乘机揩油，揽蘋。

（简忙拉开林。）

简：喂喂姑妈，你坐呢度啦！

荔：你睇吓，简良喝醋呀！

蘋：你放心，我不会把你姑妈抢了去的。

（蘋偎林坐。林搂着她，胜利地看简一眼。

（简负气地走开。）

荔：（向林）我地真系羡慕简良有你咁好嘅姑妈。

林：我就得佢一个侄啫，我哥哥又死得早……

荔：（轻声问吴）系哥哥咩？我仲以为系细佬……

吴：（窘咳，挤挤眼）女人嘛，总是喜欢瞒岁数。

（荔恍然微笑。）

林：（信口开河）我哥哥就得咁一个女。

吴：（提醒）儿子，儿子。

林：系，仔，仔，唉，老了，记性唔好，好彩有个咁嘅侄提醒我。

（吴暗踢林。）

吴：（以下颔指简）他是你侄儿，不是我。（忙走开）

荔：（也挨林坐下）简小姐，我地听见你嘅奋斗史，对你好佩服。

林：系呀？（拉荔手）

（吴掩脸。）

蘋：我们都很崇拜你。

林：系？（挽蘋手）

（简掩脸。）

荔：我一睇你个样就知道你个性一定好强。

林：哦？

蘋：可是心地好，富于同情心。

林：系？

荔：我好似觉得乜嘢说话都可以话俾你听。

（荔瞄吴一眼。）

林：（搂住荔）系？有乜嘢心事即管话俾姑妈听啦。

吴：（忍无可忍走来干涉）来来，我们先到餐厅去，待会儿一面吃饭，一面谈吧。

简：系啦，我叫阿德早啲开饭，姑妈仲有事，食咗饭就要走嘅。

荔：乜简小姐食完饭就要走咩？

（林刚欲答，简截住。）

简：系呀。

蘋：不能多谈一会儿？

（吴暗踢林。）

林：系，我要早点番去。你知喇，细佬哥多，冇人睇。

荔：你又话你姑妈未结婚？

简：系，系未结婚，（窘咳）姑妈挂住孤儿院啲细佬啫嘛。

吴：今天简小姐要去参观孤儿院。

蘋：哦。

荔：原来简小姐系大慈善家。

（林哭笑难分。）

吴：来，我们到餐厅去坐。

荔：（向林）我戴你嘅花，你点解唔戴我地嘅花呀？

林：戴，戴，（取起花向简）戴边处呀？

（简比划领口，林插花，插不牢，用力，胸前一球落地。

（林窘，急踢球入内室，但二女已见，相顾忍笑。）

吴：女人总是爱美的。

简：连我姑妈都系咁。

（林索性将另一球也取出扔去。

（吴父来，已易西装，在开着的门上敲了敲。）

吴：我爸爸来了。

（林正欲上前揽薪，简乘机拉开林。）

简：姑妈，嚟嚟见吓阿吴嘅爸爸。

林：（低声向吴）你爸爸系我乜嘢人呀？

吴：我们不是亲戚。（上前迎父）

简：你剩系我嘅姑妈。

林：咁边个系你姑丈呀？

（简皱眉不及答。

（吴引吴父来。）

吴：这是我父亲，这位是简良的姑妈。

吴父：（见林这副样子怔住）久仰，久仰。

林：（自作聪明）吴先生，我侄时时同我提起你嘅。

荔：咦，（向简）你唔系话，你同你姑妈未见过面嘅？

吴：写信……写信……

简：（苦笑）系系……写信。

吴父：不对，我跟先生今天是初会，他信上倒常常提起我？

简：呃……唔，我周时听见阿吴讲过老伯你嘅。

吴：（急忙拉开，介绍二女）爸爸，这位是汤小姐，这位是李小姐。

（吴父呵腰，众坐。）

吴父：简小姐今天刚到？

林：到边度？

吴父：到香港。

林：香港？哦，我天天过海嘅。

吴父：天天过海？

林：我住九龙啦嘛。

吴:（又踢林）简小姐住半岛酒店。

吴父:哦……听说简小姐这次到香港来准备大量投资地产事业?

林:投资地产?

简:系呀，我姑妈要投资地产，吴老伯你同我姑妈倾吓地产啦。（向吴）我地去睇吓阿德啲菜搞好未。

吴:对，对，爸爸，你跟简小姐谈谈地产吧。

简:（对林）有乜搞唔掟揾我地啦，我地响餐厅。（向二女）我地去餐厅睇吓。

（二女随简、吴走。

（阿林起身欲拦，吴父拉住之。）

吴父:简小姐,你请坐。对于地产我是老本行,知道得很多。您坐下,您坐下。

（阿林无奈坐下。）

C.O.

第二十七场

景:校园

时:日

人:荔、蘋、简、吴、汤、德、吴父、林

C.I.

（吴拉荔，简拉蘋，来至草地坐下。）

蘋:干吗?跟你姑妈谈得好好的，要溜出来?

简：佢地倾地产，生意经嘅嘢好闷嘅，不如我地出嚟倾吓仲好。
荔：你地两个就倾得落啦，难为我地啫。
简：点解呀？
荔：照而家咁睇，呢次你地两个嘅婚事，就实成嘅啦，我地两个就越嚟越冇希望啦。
蘋：不要这样悲观，我们慢慢地想办法嘛。
简：（很自然地）系咯，等我姑妈嚟咗，我同佢商量吓。
荔：等你姑妈嚟咗？你姑妈唔系嚟咗咯？
（简知失言，窘。）
吴：（代解围）简良的意思是说等他跟姑妈吃饭的时候，跟她商量。
（荔恍悟。
（铁门外汤匆匆至。
（汤见铁门半掩，直入，偶有所见。
（荔与吴，蘋与简在漫步。
（汤四望无他人，大怒冲前。
（汤来至四青年前。）
汤：好小子，这一下可给我抓到了……
（四人闻声回望。）
蘋：（同时）爸爸！
荔：（同时）舅父！
汤：我说你们这两个穷小子哪儿来这么一个阔姑妈……
简：老伯。
汤：我一猜就猜着，是骗她们来陪你们吃饭，现在还有什么话说？（向荔、蘋）你们跟我走。
荔：舅父，简良嘅姑妈嚟咗啦。

汤：你还帮着他们，走。

（汤上前拉蘋。

（与急奔而来的阿林互撞，二人跌地。）

简：（急叫）姑妈，你做乜咁擒擒青呀？

林：呢，阿吴嘅爸爸成日缠住我，缠到我慌，唔系走咗出嚟揾你地咯。

（汤爬起。）

汤：你这个人走路怎么不看看的！

吴：（急向简）你快介绍一下。

简：姑妈，呢位就系汤小姐嘅爸爸，汤德仁先生。（边说边拉林起身）

林：佢真系“剒得人”啦，撞到我鬼死咁痛！（连声呼痛）

吴：汤先生，这位就是简良的姑妈，简兰花女士。

汤：（愕然）他就是简兰花女士？（见林其貌不扬，怀疑）

（简暗中踢林。）

林：失礼，我就系芥兰菜啦。

简：（低语）“花”。

林：芥兰菜花。

（汤不知所云。

（荔、蘋也愕然。

（吴父匆匆赶来。）

吴父：简小姐，你别生气，你要是不爱听地产的事，那我就跟你谈些别的。

林：（作娇声）你知唔知你闷死我呀！

吴父：是是，我该死，我不应谈你不感兴趣的事，我应该谈些别的。

吴：爸爸，我跟你介绍，这位是汤小姐的爸爸，汤德仁先生。

吴父：久仰，久仰。（忽想起）汤先生是南北地产公司的大经理，我们是同行。

（另一旁简、吴与林暗语。）

简：你讲嘢小心啲至得㗎，你个名叫简兰花呀！

吴：是简良的姑妈，美国来的。

简：仲未结婚。

（吴父拉汤至林前。）

吴父：汤先生，你知不知道这位简小姐要在香港投资地产？

汤：（尚未真信）这位是简兰……

（吴踢林。）

林：系喇，我叫简兰菜，唔系简兰花，美国嚟嘅，仲未结婚。（吴、简气结）

汤：（深信）简小姐，对不起刚才把你踫倒，我跟你道歉。我是南北地产公司的经理，（递卡片）关于地产方面我很熟。

林：乜你又系倾地产㗎？

（吴父急拉汤至另一边。）

吴父：汤先生，这就是你不对啦。这件生意我先谈的，你可不能抢着做。

汤：笑话，各做各的。

（这一边，吴、简正在不知所措，荔、蘋来至林前抚林。）

荔：姑妈，头先有冇跌亲你呀？

蘋：是我爸爸不好。

林：（乘机揩油）唔紧要，唔紧要。（揽二女）

（吴、简急。

（阿德至。）

德：简先生，饭开好啦。

简：(正中下怀）好啦，请入去餐厅食饭啦！（向各人）

吴：请请，汤先生，请到餐厅去。

(各人走向餐厅。

(吴父故意留后向吴说。)

吴父：我今天下午有个要紧的约会都没去，特地跑到这儿来，总算对得起你了，一有机会我就跟她求婚。

吴：(急说）爸爸，你不知道，这……这不行！

吴父：我知道，他姑妈的样子是难看了一些，可是咱们也别挑眼了。天下没有那么便宜的事，要不怎么会嫁不掉呢？

吴：爸爸……

吴父：别多说了，快吃饭去。(低语）求婚还在其次，我怕生意给那个汤德仁抢掉。(匆匆出)

(吴啼笑皆非。)

C.O.

第二十八场

景：宿舍餐厅

时：日

人：荔、蘋、简、吴、吴父、汤、林、德

C.I.

(吴偕父入。

(餐厅内各人正入席，虚首座。

（简让吴父坐，吴父谦让。）

吴父：应当简小姐坐上首。

汤：（附和）嗳，简小姐是远客。

（各人都说“对”。

（汤扶林上座。

（吴父也抢着来扶。

（林作态，霎霎睫毛，终于拣中汤扶。

（吴父忙去代拉椅，汤也抢拉椅，拉得太远。

（林一坐脱空，跌坐地上。

（众惊呼起立。）

D.O.

第二十九场

景：校园

时：日

人：荔、蘋、简、吴、汤、吴父、林

D.I.

（简、吴带众人看校园。）

简：（向各人）嗰边系操场。

蘋：这地方真不小。（见一旁有秋千，向荔招手）倩荔，来。

（荔跟去，二人荡秋千。）

汤：过天陪简小姐去逛新界，山顶去过没有？

（林暗笑。

（林来至秋千前。）

蘋：姑妈，帮着推我。

荔：咁快就系你姑妈啦，唔知丑！

（蘋打荔。）

林：小心呀！（推秋千）

（二女越荡越高。

（另一旁——简看着林与二女玩得高兴，敢怒而不敢言。

（汤走近简。）

汤：你姑妈跟这两个孩子倒真有缘。

（简苦笑。）

汤：你过几天陪你姑妈到我们家去玩。

（汤拍简肩，简受宠若惊。

（吴父子在一旁立谈。）

吴父：你想法子把别人调开，给我一个机会。

吴：怎么？

吴父：让我跟她求婚。

吴：（头痛）爸爸，还是先叫他侄儿去探探他的口气再说吧。

吴父：（摇头）不，他们华侨是外国脾气，不兴做媒的。

吴：爸爸，你们今天刚见面……

吴父：看这情形非得赶紧下手不可，那汤胖子也在想动脑筋。

吴：什么？那个汤德仁也……也……

吴父：你难道看不出来，汤德仁本来是想拉她投资，现在看见我也在跟他抢这笔投资，他就马上动简兰花的脑筋。

吴：（掩面）真糟糕。

吴父：别着急，瞧我的。（挤挤眼，走）

（简迎面而来。）

吴父：你姑妈呢？

简：唔知佢去咗边，我都响处揾佢。

（吴父四寻而出。简走向正在发呆的吴。）

简：（焦急，低声向吴）阿林嗰单嘢，唔知拉咗两位小姐去边，四围揾佢唔到。

吴：现在事情越来越严重啦！

简：点解呀？

吴：你不知道，我父亲要跟他求婚呢！

简：同……阿林求婚？

（吴点头。）

简：点会中意佢㗎？

吴：别提了，连你那位采蘋的爸爸也在追求他。

简：（耸耸肩）梗系上一代的人眼光大概同我地唔同定啦。

吴：现在没有办法啦，只好赶紧找阿林警告他，叫他拒绝这两个人的求婚。

简：我就系四围揾佢揾唔到。

吴：（见林偕蘋手牵手走来）哪哪，来了。

简：（焦躁地）你地去咗边度呀？

林：冇去边度呀，两个行吓啫嘛。（故意摸摸蘋手）

蘋：倩荔呢？

简：响嗰边同你爸爸倾梗。

蘋：我们找他去。

（简偕蘋去。吴急拉林至一旁。）

吴：阿林，请你来帮忙，是叫你伴住两位老先生的，你怎么倒去缠住两位小姐呢？

林：仲好讲，个两条“老而不”成日吼实我，我想甩身都唔知几艰难。

吴：对了，我正要警告你，我父亲要跟你求婚。

林：（漫应）求婚？唔系由得佢去求咯！（突然警觉）乜话？要我嫁俾你爸爸？咁唔得，做朋友帮忙最多好似我而家咁啫，要我嫁人点得呀！

吴：谁要你嫁人，我要你拒绝他。

林：拒绝？点拒绝法呀又？

吴：……（忽有所见，轻声）哎呀，他来了。（欲溜）

林：（惊慌）喂，你唔好走，你要我同你爸爸点讲得㗎，我咁大个人，从来未试过有人同我求婚嘅噃。

吴：反正你别答应他就行了。（急去）

（吴父来。）

吴父：啊！简小姐，可让我找到你了。

（林作娇羞状，吴父微咳，背手转身凝神准备求婚对白。

（林乘机拎起长裙露出西裤大踏步欲走，吴父回身发现林在一方。）

吴父：简小姐，我有两句话想跟您说，又怕您见怪。

林：咁就唔好讲啦，拜拜。（将行，被拦住）

吴父：（哀求地）简小姐。

林：乜嘢啫？

吴父：简小姐，您说一个人最寂寞，最苦闷的时候，他想要什么？

林：（想了一想）想饮酒。

吴父：这……这……不是人人都爱喝酒的。

林：咁就（笑着用肘弯抵了他一下）……想女人啦！

吴父：（窘咳）……这……要看是什么女人。

林：当然系靓女人啦！

吴父：我可不是那种人，最羡慕的是聪明能干的女中豪杰，像您这样的。

林：（作羞状）唔敢当。

吴父：你要是不嫌冒昧的话，我……我……我希望你能做我的终身伴侣。

林：（吓一大跳）唔……（但眼珠一转）在我未答覆你之前，我对你有个要求。

吴父：什么？你说。

林：我今日凑啱要一笔钱，唔知你……

吴父：这……简小姐的事，当然应当效力，不过这两年香港市面不好，生意不比从前，数目大了，恐怕一时没法张罗。

林：不过，系暂时周转吓啫，第日我一攞到钱就即刻俾番你。

吴父：（舐舐牙根）那么你说要多少？

林：五十文。

吴父：（干了一身汗）哦，我这点还有。（掏出给林）

林：吓，估唔到你个人咁爽快，咁我都爽快啲答覆你啦！

吴父：怎么样？

林：我唔嫁得俾你。

吴父：（惶恐）嗳呀，我该死，得罪你了。简小姐，我不能拿这五十块钱来侮辱你。（取回）

林：嗳，（夺回）月尾还番你啦，拜拜。（奔出）

（吴父搔头，莫名其妙。

（林奔至无人处，抄起长裙，将钞票塞入裤袋。）

林：（自言自语）吓，都系女人有办法，早知借够一百啦！（忽见汤来，忙整衣裙）

汤：（来至林前）简小姐，找了你半天，结果让我找到了。

林：你揾我做乜嘢啫？

汤：我要打听你在香港耽搁多久，几时可以请您吃饭。

林：请我食饭，唔使咯，不如折现啦！

汤：啊！（不明）我的广东话不行，没听懂。

林：（即改说）我话，唔使客气咯。

汤：不不，非得请您赏光，您哪天有空？

林：（作状屈指算）我呢个礼拜唔得闲。

汤：那就下个礼拜好啦，我知道您忙。

林：你知啦，我好多应酬㗎。

汤：（奉承）当然，当然。

林：（见汤又有机可乘）我有句话想同你讲……

汤：嗳，你说。

林：（作娇羞）同你咁生，唔好意思讲。

汤：唉，令侄跟小女是好朋友，那我们就跟自己人一样，还客气什么？

林：咁我就讲啦。

汤：请说。

林：碰啱我今日有啲急用，想同你通融吓。

汤：行行，您要多少？（取出支票簿）

林：做乜你开支票呀，支票就唔要啦。

汤：要现款也行，（看表）现在银行还赶得及，我马上去拿。

林：唔得，唔得，我而家即刻就要。

汤：（奇怪）马上就要？我身边没带多少钱。

林：一百文有冇呀？

汤：（不信自己耳朵）一百文？还是一百万？

林：（以为汤不肯，跌价）五十，五十文都得。

汤：（急掏皮夹）我看看我带了多少钱。

林：三十文啦。

汤：我身上光是点零钱。（取出皮夹）

林：二十文都得。

汤：咦，倒有一百。（取出百元钞）

（林见钱眼开，夺过皮夹检视。）

林：有几多含白冷借晒俾我啦，第二个礼拜还番俾你。

汤：嗳，简小姐，这是什么话，这点钱还用还？

（林将汤皮夹内钞票全部取出，留回一张五元的。）

林：留番五文你坐车啦。

汤：不用，我有汽车。

林：攞住啦。

汤：好好，我去问我女儿有没有带钱，多凑一点给你。（急去）

（林大笑藏钞票。）

C.O.

第三十场

景：学校宿舍外

时：日

人：简、吴、蘋、荔、林、林妻、汤、吴父

C.I.

（简与荔、蘋散步来至门外。）

简：好热呀。（除外衣）

（汤匆匆至。）

汤：采蘋，你来，倩荔你也来。

（汤召二女至另一边。

（简奇怪。

（遥见二女各搜皮包倾囊予汤。

（简困惑。

（吴奔至。）

吴：糟啦，阿林的太太来找他啦！

简：系？

吴：快去叫阿林躲起来。

（简正欲走，O.S. 林妻："简先生"。）

简：（无奈回身）林嫂。

（林妻来至二人前。）

林妻：简先生，阿林有冇嚟咗你处呀？

简：冇……冇呀。

林妻：咁就奇啦，佢一早出咗街，我稔佢梗系嚟你度借钱嘅啦，你地千祈唔好借俾佢呀。

吴：我们哪有钱借给他？

（另一面，阿林施施然向门口走来。

（汤正接过二女交来的钱。

（荔顺手取黑眼镜戴上。

（汤见林来招手，摇手示钱。）

汤：（高叫）简小姐，有啦！

（简、吴、林妻闻声回望。

（林欣然行来。

（简、吴欲拦阻已不及，走向林。

（林发现妻大惊。

（林妻走来。

（林掀裙掩面倒地。

（吴忙上前抱住，简忙将臂上外衣代掩西裤。

（汤及二女见状奔来。）

汤：怎么啦？

荔：简小姐做乜嘢呀？

蘋：有没有摔着？

吴：没有什么，大概是太累了。

荔
蘋：（凑近唤）简小姐，简小姐。

（二女凑近林，代林拉下掩面之裙。

（林立即伸手取荔太阳眼镜戴上。

（荔吓一跳。

（简、吴吹涨。

（吴父赶来。）

吴父：（向吴）简小姐怎么啦？

吴：大概是太兴奋了，晕倒了。

汤：（向简）别看你姑妈那么胖，身体还是虚弱。

吴父：（内疚）不，一定是太兴奋太紧张啦。（低声向吴）都是我不好。

林妻：呢位系边个呀？

简：系我姑妈。

林妻：系唔系中暑呀？（凑近看）

（林发现林妻凑近，急拉荔遮住。

（荔奇怪，伸手试林额。）

汤：要不要请个医生？

蘋：（向荔）先扶姑妈到里面去再说。

（二女扶林入内。

（简、吴正要随入。）

林妻：阿林会唔会响里边，你地有见到呀？（欲入宿舍）

吴：（急拦住）不会的，我们刚从里面出来。

简：阿嫂，去第二度揾吓啦。

林妻：好，见到阿林唔该你叫佢即刻番屋企啦。

简：好好。

（林妻走。）

汤：我去打电话叫医生好吗？

（简正支吾间，荔出。）

荔：唔使啦，简小姐话，俾佢静静地抖一阵就得啦。

吴父：那我们就别惊动她啦。

（蘋出。）

蘋：简良，你姑妈叫你呢。

（简入。）

C.O.

第三十一场

景：宿舍卧室

时：日

人：简、林

C.I.

（简推门入。

（林正匆匆穿上西装上衣，将女装裙胡乱塞入裤内，见简入，打手势问有无后门。

（简点头指示。

（林行，简又赶上去代摘下假发。）

林：（四顾无人，低声）吓死我啦，乜你嗰两个女朋友咁抵死㗎，当住我老婆面对我咁亲热。

简：你仲好讲，快啲走啦。（又抢着代摘下荔的眼镜）

C.O.

第三十二场

景：学校宿舍外

时：日

人：简、吴、荔、蘋、汤、吴父

C.I.

（汤正在对蘋、荔大赞阿林。）

汤：简良的这位姑妈真好，又豪爽，又随和，一点儿也没有一般大富翁的架子，见了我居然无话不谈，无事不说。

蘋：爸爸，她跟你谈了些什么？

汤：（不便说借钱的事）唔……什么都谈，简良这青年前途无限。

荔：而家简良有咗咁有钱嘅姑妈，当然前途无限啦，旧阵时你又唔话好？

汤：你这孩子……我们进去看看简小姐怎么样啦。

蘋：不要进去，让简小姐静静地休息一会儿。

汤：也好，也好。

（另一边吴父子立谈。）

吴父：这位简小姐真奇怪，是不是有点神经病？

吴：可不是。

吴父：幸亏我求婚她不答应，总算运气。（抹汗）

吴：哦，她不答应？

吴父：这倒没什么，奇怪的是开口向我借钱。

吴：借钱？借多少？

吴父：（失笑）借五十块。

吴：借了给她没有？

吴父：当然，怎么好意思不借。

（吴盛气，欲入内理论，被父一把拉住。）

吴父：五十块钱小事，我想想刚才真险哪，万一她要是答应了我，娶这么个太太可真受不了。

（简持眼镜出。

（汤等围上争问简小姐如何。）

简：冇事啦！好番啦！姑妈忽然稔起有个约会匆匆忙忙咁走咗，叫我同各位讲一声。

吴：(喃喃地）这家伙。

汤：我刚才约简小姐吃饭，她还没有告诉我日子呢。

简：咁……等我听日问咗佢之后再话俾你知啦！

汤：好，好，那明天你上我家来吃便饭，好吗？

(简支吾。)

汤：吴先生也请一块儿来。

吴：好的，我陪简良一块儿来。

(荔、蘋暗喜。)

F.O.

第三十三场

景：汤家

时：夜

人：简、汤、吴、荔、蘋

F.I.

(夜饭毕，汤起身招呼简、吴。)

汤：招待不周。来，我们那边坐。

(各人走向沙发。

(荔低声向蘋。)

荔：你同简良嘅事，照我睇已经成功咗九成九啦！

蘋：不理你啦！

（汤招待简、吴坐下，汤以盒装雪茄奉上给简。）

汤：抽烟？

简：老伯，我唔识食烟嘅！

（汤硬塞一支给简。）

汤：抽着玩儿嘿。

（吴伸手取烟，汤及时收回。

（吴尴尬——思计。

（汤代简点火。）

汤：你姑妈昨天已经告诉我了，说这个礼拜没有空，我要知道的是下个礼拜她哪一天有空。

简：（抽烟，咳）下个礼拜？姑妈下个礼拜都唔得闲。

吴：老伯，你这雪茄是什么牌子的？

（吴故意上前取雪茄，汤急忙抢回。）

汤：是皇冠牌。（放至另一边，回头向简）你姑妈怎么会两个礼拜都没有空的？简良你得想个法子，替我约一约。

简：照我睇，我姑妈响呢一个月都系冇时间嘅啦。

汤：喔，她都是些什么约会？

（简支吾，吴"咳"声示意。）

简：你问阿吴啦。

汤：（奇怪）你姑妈的事要问吴先生？

吴：简小姐今天已经委托我，代她安排约会的时间。（取出日记本，一本正经地读着）礼拜一是扶轮社请她吃午饭，狮子会请她吃晚饭；礼拜二中饭是商会，晚饭是保良局；礼拜三，中饭是工商协会，晚饭是……

（日记簿特写，一片空白。

（吴一面读一面伸手取雪茄，待汤发觉已无法收回。

（吴取火，汤急将火收起。

（吴无法，将雪茄由嘴上取下，放入衣袋，汤欲取回已不能。）

吴：……太忙啦，简直就没有空。

荔：点解简小姐会叫你安排佢嘅约会㗎？

吴：她今天请我做她在香港期内的私人秘书。

荔：（大喜）真嘅？

吴：简小姐总不能要自己的侄儿做她的秘书。

简：（向汤）所以我姑妈几时得闲，你问阿吴就知啦！

吴：（作状）……太忙啦！简直就没有空。

汤：（急忙打火向吴）吴先生，你抽烟。

（吴不抽衣袋内的一支，示意取盒内的，汤无奈递上盒。

（吴取三支，藏二支，一支正欲点火。）

吴：（突然）谢谢，等一会儿抽。（藏烟）

（汤熄火。）

汤：吴先生，劳驾你查一查哪一天能抽点时间出来，让我请简小姐吃顿饭。

（吴取簿出翻查。）

吴：星期五……

汤：星期五有空？

（吴又取雪茄，汤急点火。）

吴：谢谢，等会儿抽。（又藏入袋内）星期五有四个约会。

（吴再翻日记簿。）

吴：星期六没有约会。

汤：那我星期六请她吃饭行吗？

吴：唔……（考虑状，又取雪茄）

（汤急忙点火。）

汤：谢谢，等会儿抽。（藏雪茄）不行，星期六简小姐休息，拒绝任何约会。

汤：其他的日子呢？

吴：没有，简直就没有一天空。

荔：不如咁啦，叫简良打个电话俾佢姑妈，请佢星期六唔好休息，俾舅父个机会，请佢食餐饭啦！

汤：对！（向简）你马上打个电话，我一定要请简小姐吃顿饭，因为简小姐这一次带了大笔资金到香港来投资，一定要找一个可靠的投资对象。香港这地方坏人多，一不小心就会一败涂地，我要把这些利害的关系，详详细细地告诉简小姐，你快打电话。

简：（怕惹事上身）我……我姑妈唔中意我理呢啲事嘅……

汤：（拍简肩）只要你姑母在我的公司里投资，我马上书面同意你跟采蘋的婚事。

（蘋含羞入房。）

简：多……多谢老伯，不过……

汤：你马上打电话。

简：你……你都系叫阿吴问啦！

（荔闻言心里未免难过，走向洋台。

（吴见状，只得硬着头皮，苦撑到底。）

吴：（干咳一声）这件事还是让我来打个电话试试看吧。老伯总该知道华侨的脾气，她既然委托了我替她安排约会，简良打电话去问她，一定会骂他的。

汤：对，对。（递雪茄）吴先生，麻烦您啦！

（吴取雪茄，汤将盒内雪茄全部给吴。）

汤：吴先生，您全部拿去吧！

（吴吸烟，汤点火。

（吴假装查电话号码，打电话。）

C.O.

第三十四场

景：学校宿舍

时：夜

人：德

C.I.

（电话铃响，阿德接电话。）

C.O.

第三十五场

景：汤家

时：夜

人：汤、简、吴、荔

C.I.

（吴对着电话，大讲洋泾浜英文。）

C.O.

第三十六场

景：学校宿舍

时：夜

人：德

C.I.

（阿德不知所云，问非所答。）

C.O.

第三十七场

景：汤家

时：夜

人：简、吴、汤、荔

C.I.

（吴似模似样地挂电话，回头告诉汤。）

吴：简小姐坚持星期六不肯离开酒店，还是我提议汤先生带二位小姐去度周末，顺便跟简小姐谈谈，简小姐才不反对。

汤：好极了，太好了。简小姐哪一间酒店？

吴：嗯……浅水湾的海滨酒店。

（简在一旁闻言大惊。）

吴：（故意向汤低语）见了简小姐不要一本正经地谈生意，先谈谈别的，投资的事情只好透露一下。

汤：是是是。

F.O.

第三十八场

景：学校宿舍

时：日

人：简、吴、林

F.I.

（阿林抽雪茄，［镜头拉开］简、吴也在抽雪茄，台上放满吴由汤那儿拿来的雪茄。）

吴：你帮我们这次忙，对你来说，在公在私，都是件好事情。在公，你玉成我们两个王老五的婚事，我们当然对你感激不尽；在私，我们无条件地借钱给你，让你还清债务。（向简）把跟阿德借来的钱拿出来。

简：（掏钱出）嗱，五百文，响晒处啦。

吴：两百块给你。

（吴递钞票给林，林不敢接。）

林：都系唔好啦，我上次扮女人扮到怕咗，你地都系另外想过办法啦。

（起身欲走，简、吴拦住之。）

吴：要是你不答应，我们真的去告诉你太太。

简：话晒你上次扮女人，同两个小姐亲热嘅事俾你老婆知。

（阿林无奈叹气。）

林：唉！又攞我老婆嚟吓我，算我行衰运，好啦，我应承你啦！

（三人互相拉手。）

D.O.

第三十九场

景：海滩

时：日

D.I.

（海滨酒店全貌。）

D.O.

第四十场

景：酒店林室

时：日

人：简、吴、林、荔

D.I.

（简、吴助林打扮，戴女式浴帽，穿泳衣，外披海浴褛。）

简：（突有发现）做乜你今日冇剃须呀？

林：剃咗啦！

简：（摸林颊）做乜仲咁长须嘅？

林：我啲须长得快啦嘛。

吴：幸亏我早有准备。（取出干须刨交林）

（林剃须。）

简：（向林）嗱，记住，尽量同嗰个阿汤亲近，但系又唔好唔记得自己小姐身份。

吴：不能跟人借钱。

林：得咯。

吴：一定要他同时答应两个女儿的婚事，并且要他亲笔写同意书。

林：知啦。

（敲门声。吴开门，荔入。）

吴：（惊喜）你们来啦？

荔：（点头）舅父响下边租咗间房。（见林剃须，奇，望）

（林发觉，改剃面毛。）

林：吓，我的面毛唔知点解咁长嘅？吴先生，有冇乜嘢化妆品医得好㗎？

吴：我替你问问。

简：（问荔）采蘋呢？

荔：响下边换衫。

简：我去揾佢。（出）

（荔推吴。）

荔：你都出去啰，我地两个女人响房，你系男人，换件衫都唔方便。

吴：（尴尬）唔……

林：（向吴）一阵海滩见啦。

（荔推吴出。）

D.O

第四十一场

景：海滩

时：日

人：简、汤、吴、林、荔、蘋、泳客

D.I.

（沙滩上，林、汤、二女、简、吴皆着泳衣，坐卧伞下。

（林代荔揉背，抹日光浴油。

（吴不悦。

（简拉蘋去游泳。

（林见一肉感女走过，忘形，以肘推汤闪闪眼。）

林：呢个几正。

汤：（不懂）你说什么？

林：（急改口）我话呢个小姐几靓。

汤：不！太瘦了，像简小姐这样才是健美。

（林白汤一眼。）

荔：（起立）简小姐，你唔游水？

林：我唔多识游㗎。

吴：有救生圈，不要紧。（找出救生圈予林）

荔：（向海中走，回顾）简小姐嚟啦，唔使惊，叫我舅父傍住你啦！

（奔向海）

（吴跟着荔奔走。）

林：（见另一女穿同样大衣、泳衣）咦，佢件游水衫同我一样嘅。

汤：你的花比她多，（数）一、二、三、四、五、六……

（汤数到林胸部。

（林打汤手，钻入救生圈，太小，钻不进，只套在颈上。

（汤牵林向水中走去。）

D.O.

第四十二场

景：海滩

时：夜

人：简、吴、蘋、荔

D.I.

（夜——海滩上已人影稀疏。

（镜头摇至树林。

（见二对情侣，分据二端在谈爱。

（简与蘋。）

简：而家姑妈同咗你爸爸去跳舞，我地可以倾到够。

蘋：你姑妈真好，我看得出她是特地引开爸爸让我们谈谈的……你姑妈对我的印象怎么样？

简：好好，佢话有机会同你爸爸提出婚事啊。

蘋：唔，不来啦！

（简笑。

（荔与吴。）

荔：我哋嘅婚事，我谂最好就你请简良姑妈同我舅父讲一声，我舅父或者会应承都话唔定。

吴：为什么？

荔：我知道我舅父一定听简小姐话嘅。

吴：好吧！待会儿我去跟简良商量一下……难道我们不能偷偷地结了婚，再去告诉你舅父？

荔：唔得㗎，我仲未到合法年龄，一定要有舅父嘅书面同意先至可以结婚㗎。

（二人沉默。）

C.O.

第四十三场

景：酒店餐厅

时：夜

人：汤、林、顾客、伙计、乐队

C.I.

（乐队奏乐，[镜头摇至洋台] 汤、林据桌夜餐，林已换西服、高跟鞋。）

汤：孩子们倒真识相，故意不跟我们一起吃饭，让我们可以清静地谈谈。

（汤与林举杯相祝，照杯饮。）

林：（饮完酒皱眉）呢啲酒点解酸酸地嘅？咁难饮。

汤：这是香槟，你要是喜欢另外叫别的酒。

林：唔使啦，我今日唔饮得咁多酒，我有正经嘢同你倾。

汤：（喜）是是，简小姐要跟我谈些什么？

林：我个侄简良，同你位小姐嘅感情，睇情形几好，你话系吗？

汤：是，是我高攀了。

林：我想话趁我响香港，同佢地早啲订咗婚先，唔知你同唔同意呢？

汤：当然同意，这是绝对没有问题的。

林：仲有我而家嘅嗰个秘书吴树声先生，我睇佢人唔错，佢话佢中意你嗰位外甥女倩荔，想托我同佢做个媒……

汤：这……这个得让我考虑、考虑，因为我不大清楚他的家世。

林：家世？驶乜知道佢家世得㗎，我可以担保佢。

汤：（苦笑）简小姐，你这是叫我为难了。

林：如果我做唔成呢个媒，你即系丢我架睇我唔起啫。

汤：嗳嗳，这么着，我的女儿给你做侄媳妇，咱们俩亲家也来个亲上加亲。

林：(佯羞) 唔好讲第二笔，我地先讲掂佢地两对后生仔嘅婚事先。

(汤为难，忽见乐师拉提琴走来。

(汤微招手令来座前演奏。

(乐师会意对准林奏琴。

(汤作大情人状拉林手。)

汤：简小姐，自从采蘋的妈去世了这么些年，有很多人给我做媒，我都不愿意，想想不犯着，孩子都这么大了。可是，自从见到你简小姐，不知怎么老是忘不了你……

(乐师卖力，琴弓刺入林假发，将假发挑在弓上。

(汤愕然。

(林窘，双手护头。

(乐师连连鞠躬示歉意，摘下假发奉还。

(林拿过戴上，幸露出短发是全部向后梳，可能是女式。)

林：我啲头发甩得太多，所以用假头发。

汤：假头发没关系，我还是假牙呢！只要是真心，我对你简小姐是一片真心。

林：(撅着嘴) 仲好讲，我就得一个条件你都唔应承。

汤：什么条件?

林：你嗰位外甥女同我个秘书吴树声嘅亲事咯。

汤：(嘻皮笑脸) 先办了我们的事再说。

林：你都冇诚意，唔使谈啦！(傲然起立。汤起立拦阻，林不屑地甩脱他的手，但没走二步，高跟鞋没穿惯，跌了个狗吃屎，

汤忙扶之)

D.O.

第四十四场

景：酒店林室

时：夜

人：汤、林

D.I.

(汤扶林一跷一拐地手提高跟鞋入，使林坐沙发。)

林：有事啦！你走啦！

汤：(乞怜）简小姐。(拉林手又被甩脱，跪下。林吓一跳)

汤：简小姐，看在姑娘采蘋分上，你答应我吧。

林：如果你应承咗我嘅条件，你个女同埋外甥女两个都有咗老公，就唔使你担心啦！

汤：不！你先嫁了我，她们两个的婚事，就可以由你作主。

林：真系抵死得你呀，你做佢地家长都唔做得主，系要我嫁咗俾你先至作主？你都冇诚意嘅，快啲扯啦！

汤：不！你不答应我，我不起来。

林：做乜你咁监人赖厚㗎。我话俾你知啦，你一日唔应承晒你两个小姐嘅婚事，我一日都唔会答应你嘅。

汤：先解决了我女儿的婚事再说好吗？我女儿跟令侄的婚事，我绝对同意。

林：唔得，一定要两个都应承晒。

汤：不！我外甥女跟吴树声的婚事我还得考虑。

林：你去考虑到够啦！我要瞓啦！

汤：（无奈）好，那么简小姐，我让你休息，我们明儿再谈。（起身，揉膝盖）

林：而家已经听日啦，过咗十二点啦。（示以表）

汤：对不起，对不起。（连连鞠躬出）

C.O.

第四十五场

景：酒店汤室

时：夜

人：吴、荔、汤

C.I.

（在汤套房客厅——吴、荔立窗口喁喁谈。

（汤愤愤以钥匙开门入。

（荔忙走开。

（汤正眼也不看他们，撕墙上日历，团之掷废纸篓中，径入内室。）

荔：（低声）你走啦！

吴：（难堪）好，明天见。

（荔送吴至门口，不放心地回顾室内后低声向吴说。）

荔：睇呢个情形，都系要求简良姑妈帮手至得。我一阵去简小姐房度，陪佢瞓，同佢倾到天光都要求到佢应承帮忙。

吴：（一怔）你说什么？

（荔已掩门，吴欲敲门又止，踌躇片刻，奔下楼。）

C.O.

第四十六场

景：海滩一角

时：夜

人：蘋、简、吴

C.I.

（月光下，吴觅得简与蘋正情话绵绵，难解难分。）

吴：简良，简良。

简：（挥之使去）行啦，咪响处搞搞震。

吴：我有话跟你说。

简：你自己都有女朋友，做乜要嚟搞我啫？

吴：不！我有正经话跟你说。

蘋：（起立）我走了，让你们说话。

简：唔好走住。

（吴向简耳语。简大吃一惊。）

简：乜嘢话？

蘋：我还是先走了，待会儿别让我爸爸找我。

（简至此时也不阻止蘋。）

简：听日见。

（蘋走。简回头向吴。）

简：倩荔真系话要陪阿林瞓到天光？

（吴点头。

（简拉了吴便走。）

C.O.

第四十七场

景：酒店林室

时：夜

人：简、吴、荔、林

C.I.

（简、吴匆匆来至林室外敲门。

（荔穿晨衣开门。）

简：对唔住，我姑妈瞓咗未呀？

荔：未呀！（回头唤）简小姐。（再向简）我今日住呢处，预备唔瞓，陪你姑妈倾天光。

（林披晨衣来，荔向简、吴挥挥手回入。）

林：乜嘢事呀？

（简、吴将林拉入甬道闭门。）

简：喂！阿林呀，我地特登嚟警告你嘅，你千万要小心。

林：小心乜嘢㗎？

吴：我们是君子协定，你可得记住，现在倩荔在你房里，你可不能胡来，别对不起朋友。

林：仲好讲，又唔系我叫佢嚟嘅。佢自己嚟到我房度，夹硬要响我度过夜，搞到我冇得瞓都唔紧要，仲要我成晚戴住呢个假头发，你地仲讲呢啲嘢。唔好搞我啦，我番去啦！（扔假头发于地）

（简、吴急忙拾起代林戴上。）

简：千祈唔好，算我对你唔住。

吴：委屈你啦！

简：你今晚将就吓都要啦！

吴：我们知道你靠得住，不过是怕你一时糊涂，闯了祸可不得了。

简：倩荔女仔之家唔懂事㗎。

吴：不但你要坐监，连我们都有罪。

林：你地两个咪吓我得㗎，如果唔放心，我走啦，入去攞番我啲衫俾我。

（林脱晨衣掷地，胸前二皮球滚下地。简、吴连忙去拾。）

简：喂，唔好发脾气。

吴：别闹。

简：俾人睇到算乜嘢得㗎。

林：唔制啦，唔制啦！

吴：行了，行了，别生气，过天我们请客，给你赔礼！

（简、吴七手八脚代林穿衣，塞回皮球，喘息未定。

（荔开门。）

荔：做乜你地仲唔走啫，咁夜仲唔俾简小姐休息？

吴:(拭汗)嗳!大家都要休息了。

荔:简小姐入嚟啦!我地女人倾心事,唔俾佢地听。(拉林入,闭门)

(吴犹逡巡。)

简:走啦,如果俾第二啲人睇到我地企响呢处,有乜好呢?

(吴不语。)

简:你唔走我走啦!(回己房)

(吴独在室外徘徊。

(室内。林、荔均脱晨衣露出艳丽睡袍,林半躺半坐,荔坐床上。)

荔:简小姐,我知道你旧时为咗婚姻唔自由至出美国嘅,你一定会同情我。

林:当然,当然。

荔:如果你唔帮我忙,我都唔知点算啰。(盈盈欲泣)

林:(抚女发)唔好着急,慢慢想办法啦!

(荔倒在林胸前抽噎。)

林:(抱着荔)你唔好喊,你一喊我成个心乱晒。(不安地看看门)

(吴在门外徘徊、偷听,听不出什么来,干着急,终于下了决心,匆匆回到与简合住之房,推门入。)

C.O.

第四十八场

景:酒店简房

时:夜

人:简、吴

C.I.

（简已入睡，只见点着台灯。吴急入。）

吴：简良，不行，还是得麻烦你。

简：又试乜嘢事呀？

吴：我怎么都不放心。

简：你唔放心阿林啫，唔通倩荔你都唔放心？

吴：不是，她太天真了，等她发现已经晚了。

简：咁我都系冇办法㗎，唔通再去话请姑妈出嚟倾吓呀？

吴：你能不能叫采蘋去把她叫出来？

简：咁晚，我点去揾采蘋呀？

吴：可以打电话。

简：打电话佢爸爸会知道㗎。

吴：知道也没关系，你们都差不多已经订婚了。

简：唔系咁讲啦，万一俾佢爸爸识穿咗，仲弊添。

（吴急如热锅上蚂蚁。）

C.O.

第四十九场

景：酒店林室

时：夜

人：荔、林

C.I.

（荔仍在向林泣诉。）

荔：我真系羡慕我表妹嘅啦，我知道舅父梗应承简良同佢嘅婚事嘅，但系我……（哭）

林：唔好喊，早啲瞓啦！

荔：我连诉苦嘅人都冇个，成肚委屈到今日先至有机会同你倾吓。

林：乖，唔好讲咁多啦，我听日一定帮你手同你舅父讲……

荔：真系多谢你啦！

C.O.

第五十场

景：酒店汤室

时：夜

人：汤

C.I.

（汤在客室徘徊，出洋台向上望。）

C.O.

第五十一场

景：酒店林室

时：夜

人：荔、蘋、汤、吴、简、林、茶房、职员

C.I.

(林正在劝荔睡，忽闻O.S.)

O.S.汤：简小姐，简小姐。

荔：咦，系我舅父把声。

(林走向洋台探视。

(荔急取晨衣一面披一面逃出室。

(甬道中，荔自林室出，返己室。

(吴来，复在林室外徘徊，无计可施。

(洋台上，林俯视见汤。)

林：乜嘢事呀？

(汤室)

汤：我猜着这是你的房间。

林：三更半夜你仲唔瞓？

汤：睡不着。

(林白汤一眼，向汤抛吻而入。)

汤：(神驰) 简小姐，简小姐。

(林复出现在洋台上，掷花一朵。

(汤拾花插襟上，更得意。)

汤：简小姐，简小姐。

(一皮球掷下，打在他头上。

(汤正摸头，莫名其妙，另一皮球又落下打在头上。

(林室——林自洋台入，两手互搓似刚做完一件事。

（林倒在床上，刚睡下又不放心，起来锁门，熄灯。

（门外，吴闻锁门声发急，在匙孔窥视，见黑洞口已熄灯，更急。

（吴踌躇片刻，下决心敲门。）

吴：（低声）简小姐，简小姐。

（室中林闻国语声，惊异。）

林：（自言自语）吓，个肥佬做乜走得咁快嘅。（高声问）乜嘢事呀？

O.S. 吴：你出来，我有话跟你说。

林：（笑）咸湿佬，我真系唔上当呀！

（打门声。）

林：扯啦！咩响处死冤，我要瞓啦，有乜嘢说话，听日至倾啦。（喃喃自语）死外江佬，正一冤鬼咁，等我觉都冇得瞓。

（林回头忽有所见。

（洋台栏杆上有呢帽出现，乃汤搬长梯爬上洋台。

（林惊慌，觉被包围，大叫一声，掷瓶，走向洋台。

（汤爬入，不由分说抱林。林大惊，与汤扭打。

（门外吴闻玻璃磁器碎裂声、叫声、挣扎声，大急。

（吴不顾一切撞门，撞不开。

（吴搬取甬道中防火用蓄沙大磁盆撞门，破门而入。

（房内。黑暗中，三人混战。

（茶房来门口开灯。

（见三人在地上扭成一团，遍身灰沙。）

汤：（见吴）哈哈，原来是你，你也打简小姐的主意！（揪吴打）

林：你个老而不，死咸湿佬，仲搞到打人添。（打汤）

吴：（疯狂地四找）倩荔呢？倩荔呢？

茶房：乜嘢事呀？

（简挤入。）

简：（焦躁地向吴）都话叫你唔好乱嚟，你睇，卒之搞出事。

茶房：我去报告账房。

简：（急拦住茶房）唔驶，我地含白冷自己人，冇事嘅。（向茶房眨眨眼，挥之使去）

（蘋仓皇入。）

蘋：爸爸，爸爸，简良，你快拦住你姑妈。

（茶房出，闭门。）

简：姑妈，唔好打啦！

（简自地下拾起假发给林戴上，匆忙间误戴在汤头上，汤不觉。）

汤：（指吴）这家伙，我早知道他不是好东西，还想骗我外甥女——

（正说着，荔冲入。）

荔：舅父，你话乜嘢话，关吴树声乜嘢事啫？树声，怎么你……（从荔看到汤、林与室内混乱情形，发觉错误，以手按额，微呷）

（林自摸头，发现未戴假发，满地找。吴手忙脚乱拾汤呢帽替林戴上遮掩。）

蘋：到底是怎么回事？

林：问你爸爸啦！三更半夜做贼咁，擒入嚟我房，你问佢想做乜？

汤：别假正经了，你房间里哪儿来的小白脸？

吴：我是听见声音，以为有贼，进来保护简小姐的。

林：系啰，你仲血口喷人，破坏我名誉，叫我以后点嫁人呀？我同你死过！

汤：亏你还有脸嚷，都是你自己闹出来的。

（对骂间，二人发现戴错帽迅速地互换，仍一面叫骂。）

吴：算了，算了，简小姐，你们都是在社会上有地位的人，大家不好意思。

林：唔得，我要同佢上差馆。（当胸扭住汤）

汤：嗳……嗳……（挣扎）

简：（同时）姑妈，算数了，算数了。

荔：（同时）简小姐，睇在我地份上。

蘋：（同时）你饶了我爸爸。

林：（不依）行啦嘛！去差馆，简良你担埋把梯去做证据。

简：姑妈算啦，上差馆会搞出新闻，对我地简家声誉都系唔好嘅。

姑妈，我劝你不如将就啲嫁咗俾汤先生吧喇！

汤：她不肯哪！

林：（放手，一扭头）鬼叫佢唔肯应承我条件呀！

蘋：爸爸，不管什么条件，你就答应了吧！

汤：好好好好！

林：咁你即刻写两张同意佢地结婚嘅证明书啦！

汤：好好好！

（简、吴立刻取纸笔给汤写。

（O.S. 打门。荔开门，地产公司职员送来电报。）

荔：舅父，你嘅电报。

（汤正欲起身接，被林按住。）

林：写好先至睇啦！

（汤匆匆写好，给林过目，林满意交简、吴。

（简、吴大喜，持同意书携二女跳跃而去。

（汤拆电报阅，大惊。）

汤：什么？（向林）你究竟是谁？

林：我？我唔系简兰花咯。

汤：还要冒充简兰花？这是我东京分公司打来的电报，说简兰花女士已经到了东京，正在接受我们分公司的招待——你是什么人？我拉你上差馆。

（林大惊环室逃。

（汤追，不慎跌地。

（林逃至门口，林妻入，林大惊。）

林妻：你个死佬，原来喺咗呢处，快啲跟我番去！

（林妻拉阿林耳而去。

（跌在地上的汤手持电报苦笑。）

D.O.

第五十二场

景：教堂外

时：日

人：简、蘋、吴、荔、汤、林、宾客

D.I.

（教堂外，简、蘋、吴、荔二对新人携手出。

（各人洒花纸。

（汤出，见林，二人瞪目相视。

（忽然简兰花小姐到，各人拥前。

（车门开，简小姐出。

（汤看。

（简小姐的容貌跟阿林完全一样。

（汤晕去。

（众人拥向汤。）

剧终

＊国际电影懋业有限公司油印本（据此所摄影片于一九六四年九月公映）。

魂归离恨天

人物

(年龄系剧中早年)

叶湘容——十九岁

端祥——十九岁

叶祖培——湘容之弟，十七岁

叶太太——湘容之母

高绪荪——廿岁

高绪兰——绪荪之妹，十八岁

客——风雪夜行人

钱大夫

老王——叶家仆人，四十五岁，胖大角力者型

高宅仆人多人

舞会宾客

高父——绪荪之父

叶家女仆一

端雇用新仆一人

第一场：山道，叶家

（一九四七年北京西山大风雪之夜，古道上一行人挣扎着走，遥见灯火人家，改向灯光走去。）

（房屋外景：荒凉的老屋，窗户都用木板挡上。马棚已半坍。行人找到院门，试推，门开尺许，不情愿地，似有隐形的手拦阻着。他挤进去，入庄院，向有灯光的屋子走去。犬吠声突升至风声呼呼之上。几只饿狗自雪花中跃出，直奔行人。行人与犬斗，挣扎至屋门前，敲门无人应，犬仍跳起来咬他。客打门，不料门未锁，应手而开，见一男二妇围火盆坐，一老人立阴影中，都一动也不动。客惊异地瞪视他们。）

端：（发已半白；沉默片刻后）你是哪儿来的？来干什么？

客：你们的狗真厉害。（打狗）

（端叱喝狗，用火钳打。狗终于一只只都走开了。）

客：我是新搬来的，回来晚了迷了路。

端：下这么大雪还出去？

客：有要紧事，没办法。（掸身上雪）您贵姓叶是不是？（端略一颔首）

听说十里内就我们两家。我住着从前高家的房子。

（绪兰突然抬起头来，欲言又止。）

客：能不能请你派个人送我回去？（伸手向火）

端：我这儿就一个当差的，走不开。

客：那对不起，只好打搅你一晚上，等天亮再走。

端：（冷淡地）你自便吧，恕我招待不周。

客：（讪讽地）那么……我就老实不客气坐下啦？（自拖椅坐，四顾，好奇地打量那颓唐的老妇，木立一隅的老人，蓬头敝衣的中年妇人；向妇）劳驾，有热水没有，能不能倒杯水我喝。

（兰望望端。端初无表示，旋不耐烦地点点头。兰起。）

客：这位是叶太太？

端：（讽刺地）不错，这位是我太太。

（兰走过端前似有畏缩状，出室。）

客：（被冷遇，气愤）我一个陌生人打搅你们府上，实在说不过去。

端：我没预备客人在这儿过夜，只好委曲你，在佣人床上将就一晚上。

客：不用不用，就在椅子上睡。

端：（突然软化）算了，跟你无冤无仇。我这儿难得有人来，都忘了怎么招待客人。老王！把锁着的屋子打开一间。（掷钥匙予王，不与客招呼，自去）

（兰捧茶来，恐惧地望着端背影，像忠心的狗一样。）

（内院走廊上，老人蹒跚持油灯前导，客随。）

客：你们这儿没装电灯？

王：（点头播脑漫应）嗳，嗳。（立一门前踌躇片刻，向自己笑了一声，

推门，门开极缓，似涩）

（客见一旧式卧室，陈设俱全，惟粉墙剥落霉湿，到处蛛网灰尘，一椅缺一腿，床帐已腐成破布条子。）

王：给你这间屋子，新娘子的新房，（笑）这些年都没人住过。

客：好冷。没火？

王：这么晚了还生火？（就灯上代点烛）这间屋子还不好？这一间顶讲究。

客：好吧。（脱衣，试坐床上，抚枕褥有阴湿感，寒颤，回顾见王仍立门口）好，没什么了。

（王徐徐关门。

（客卧看室中阴影，闻风吹窗。旋起床自书架取一书，掸灰，打开，见扉页上写“叶湘容”名。看书困倦，吹烛睡。）

（客在床上翻覆，窗外风雪更狂。一敲窗声继续不断，是一扇窗吹开了，单调地来回敲打着，似欲唤人醒来。客醒，犹半在梦中，见雪花成阵飞旋入室。客恐惧地下床。窗继续敲打。他走向窗前。）

女声：（随雪飘入）让我进来！让我进来！我在山上迷了路。

（客大恐，伸手关窗，正要碰到窗时又掣回手，吓怔住了，似有冷手握他的手。在雪浪中似见一女模糊的影子，苍白，长发披散风中。）

女：（悲呼）让我进来！我迷了路！让我进来！

客：（手仍被半透明的小手握着，大叫）救命！来人啊！叶先生！叶先生！（拼命甩开那拉着他不放的东西）来人哪！叶先生！快来！

(门砰然打开。端举灯立门口。)

客：有人在外边。一个女人。我听见她叫唤，老是叫自己的名字。叫湘容。(以手拂额，以较镇定的声音重复）湘容。(记起书上名字）我准是做梦呢。对不起，吓糊涂了。

端：(竭力抓住他向门外推）你出去。——叫你出去！（推客出室，砰上门，赶到窗前，推开窗，风卷雪入。端探身出）你进来！进来！湘容！湘容！（哽咽）你回来吧。这次你该听见了，叫你多少回都不答应。你听见没有？……湘容！我等你这些年了，天天想你。湘容！

(雪扫端身。)

(厅上，客摸黑走入，见老妇独拥火坐。客犹有余悸，闻端呼声，听不清说什么。)

叶太太：(不向他看，磔磔地自己笑着）我猜着你在那屋里过不了一宿。

(客向她看看，仍未定下心。)

叶太太：怎么了？看见什么了？

客：我做了个梦，仿佛听见人叫唤。我起来关窗户，觉着有个手拉我，大概做梦还没醒，看见一个女人……

叶太：是湘容。

客：湘容是谁？

叶太：我死了的女儿。

客：我不相信有鬼。

叶太：(自他回到厅上初次看他）你听我告诉你，许就相信了。(添柴）

客：你就这一个女儿？

叶太：（闭着嘴叹了口气）夫妻俩三十多岁才养下这一个女儿，想儿子都想疯了，到孤儿院去抱了个男孩子回来，也是讨个吉利。第二年倒真就生下个儿子，他爸爸惯的他不得了。他爸爸又死得早，我没法管他——

客：就是刚才那位叶先生？

叶太：（略顿了顿）不。不是他。他是领来的那个。

第二场：叶家

（十七年前，同一住宅虽旧犹整洁。年青而褴褛的端祥挑水走过。湘坐树上看书吃水果，随手抛下果核正打中他。他回顾微笑，脚下一绊，泼掉半桶水。湘笑。他放下担子。）

O.S. 叶太：湘容！湘容！

（端闻声自挑担子走开，不复回顾。）

湘：嗳。（自横枝上爬过去一跃而下，自窗入厅。）

（叶太独自在厅上。）

叶太：你看你，这么大的人了还这么野。

湘：一叫马上来还不好？

叶太：（授以一信）这封信是哪儿来的？

湘：（看封套）弟弟的学堂。

叶太：哦？（叫）祖培！祖培！——你看信上说什么。（将拆信先取剪刀，注意到天然几上空的一角）咦？花瓶呢？

湘：嗳，那只花瓶哪儿去了？

叶太：老王！老王！

（王入。）

叶太：这儿有个古董花瓶怎么没有了？

王：啊？不知道。

叶太：你管干什么的，丢了东西都不知道？

王：太太，这不是我一个人的事，端祥这小子什么都不管。

湘：你自己偷懒，还往别人身上推。

王：小姐，端祥的脾气您还不知道，就为少爷骂了他，这两天闹别扭哪。

湘：都是你，弟弟也都是给你挑（上声）的。

叶太：小姐家跟他们闹些什么。

湘：妈，你说，端祥从小在我们家，是不是跟自己人一样，现在好，给他们糟践得不像人！（几乎要哭出来）

叶太：咳，本来是领来做儿子，打算让他读书上进的。自从你爹死了，家里不像从前，养不起吃闲饭的，只好让他帮着干活。（数说间，仆逡巡去，女剪开信封阅信）我去瞧瞧，不知还丢了什么别的。（解下胁下一串钥匙向里走）

湘：弟弟让学校开除了。

叶太：开除？为什么开除他？

湘：说他行为不端。

叶太：那么点大的孩子，能干出什么事——说他“行为不端”？（一把抢过信笺来呆看）祖培！祖培！

湘：妈不叫我进学堂，我要是进学堂横是不会像他这样丢人。

叶太：我去找他校长说话去。

湘：妈，别去。（拉住她）

叶太：老王！

（王来门首。）

叶太：套车，我上城去。

王：噢。（正要走——）

叶太：少爷呢？

王：少爷出去了。

叶太：啊？上哪儿去了？

王：没说。

（母女面面相觑，不约而同望着天然几上薄薄的一层灰尘中瓶座的圆印。王去。）

湘：一定是他拿去当了。

叶太：不会吧，我刚给他三十块钱噯。

（湘负气转身走开。）

第三场：叶家

（黄昏。叶太室，母子灯下谈。）

培：好，好，丢了东西也是我偷的，什么坏事都是我干的。

叶太：那你说，学校为什么开除你？

培：我怎么知道黄老头子为什么恨上我了。

叶太：上次有人看见你跟坏女人在一起我还不信。

培：妈就是这样，不许我交女朋友，倒不管姐姐跟男佣人交朋友。

叶太：别胡说，你姐姐跟端祥从小一块长大的，跟你一样都是姊妹似的。

培：谁跟他是姊妹？那小杂种！

叶太：人家没爹没娘也可怜。

培：妈反正护着他。

叶太：妈就是你一个儿子，偏不给妈争口气——

培：我不争气，有端祥呢，他孝顺。

叶太：这孩子，说糊涂话！

培：花瓶准是他偷的。（盛气赶出去）

叶太：别胡闹。祖培！祖培！

（培气汹汹走出院中，至马棚，王正吸着旱烟看着端饲骡。）

培：老王！给我捆上打他，问他把花瓶怎么了，非得叫他招出来。

王：噢，噢。（取绳及棒）胆子越来越大，偷起东西来了？

（端放下稻草，威胁地返身向王。王迟疑。）

培：（笑）你害怕？

王：（笑）从小给我打惯的，我怕了他啦？（硬着头皮一棒打去没打中，端打还，王抵抗，终被打倒）

（培拾马蹄铁掷端，伤额。湘奔来拦阻。）

湘：妈！妈快来！

培：要你护着他！

湘：让学校开除了，亏你还有脸回来打人。（扶端倚车轮坐）端祥！

培：看你心疼得这样。

（叶太来。）

湘：妈，你也不管管他！

叶太：嗳哟，你这是干什么，又拿他出气。

培：你没看见他打人，你问老王。

（王讪讪地爬起来，走出。）

叶太：算了，不给你钱再也没个太平。你跟我来。（拉培同出）

（湘撕衣蘸槽中水代抹去血迹，代包扎。）

湘：端祥！端祥！说话呀。

端：（迟钝地）叫他等着，我要报仇。

湘：你别跟他一样见识。

端：只要能报仇，等多少年都行。就怕他死在我前头。

湘：（恐惧起来）端祥，你别这么着。（哄他高兴）你不记得我们小时候我老说，你爸爸是个蒙古王爷，你妈是满洲公主，等你找到你爹妈，看他们还敢欺负你。

（端不语。）

湘：疼得厉害么？我去拿药去。（将去，被他拉住）

端：不疼。

湘：藤萝花开了，我们采花去。

端：好。

湘：走，现在就去。

（端起，闻人声。）

O.S. 培：拣匹好骡子我骑。

O.S. 王：少爷这时候还出去？路上当心。

湘：（低声）我在那边等你。（王持灯笼入，牵骡加鞍。培入。）（奔去）

培：瞧这马棚比猪圈还脏。（向端）要你干什么的？打扫干净。

王：听见没有？

培：我要你今天晚上给我打扫干净。

王：回头我看着他拾夺。

培：你装死？也不扶我一把。

（端迟疑，终于双手托培足，扶上骡。）

培：等我回来要是还没拾夺好，跟你算账。

王：这回他别想活着。

（培骑骡去。端望着他走了，突然返身跑。）

王：咦，上哪儿去？端祥！端祥！回来！少爷叫你拾夺马棚。少爷生气呢。

（端向野外跑去。）

第四场：岩上

（湘在岩下等候。端奔来。）

湘：我听见老王叫你。他没看见你往哪边走？

端：（阴郁地）不知道。

湘：让他们知道了可不得了。

端：知道又怎么着？你难得跟我说句话，这些时一直不理我。

湘：还怪我不理你？你自己看看，一天比一天脏，破破烂烂像什么样子？你为什么这样没出息？为什么不逃跑？

端：（呆住了）逃跑？——你在这儿。

湘：你不会回来接我？像我们从前说的蒙古王子一样，救我出去。我关在家里也受气，女孩子不许上学，不许这样不许那样。

端：（狂喜）湘容，你马上跟我走。

湘：走到哪儿去？

端：哪儿都行。

湘：（徐徐摇头）去讨饭？去偷去抢？我不干。

端：哦，你光要我走。我在这儿熬了这些年了，挨打受气，连狗都不如，可是我不走，就为了你在这儿。我这辈子死活都在这块石头底下。

湘：（感动）这是你的王府嘿。王爷请。

端：妃子请。（二人礼让上岩）

端：（上坐）宣王妃上殿。

湘：王妃骑着骆驼来了。（跨一块双峰石，唱蒙古王妃歌）

端：（笑）你好久不唱这个了。（帮腔）叮个玲个玲。

湘：这是什么？

端：骆驼的铃铛。你没看见骆驼进城？

（湘唱，忽闻乐声，绕至另一边，遥见别墅灯光灿烂，风传舞乐时响时轻。端跟来。）

湘：你听见吧？

端：什么？

湘：高家请客，跳舞。我们去看。（拖他走）你看见了包你也喜欢。

（同下岩，携手狂奔）

第五场：高家别墅

（湘、端爬墙入园，一犬吠。吠声止。二人穿过花园至屋前，扒在窗上窥视舞会。）

湘：（低声）你看那女人多漂亮，（指一女）我就喜欢这样的衣裳。你穿西装一定比他们都漂亮。……端祥，我们也有这一天吗？

（一犬作呜呜声。二人回顾。众犬吠。）

湘：（突感恐惧）端祥，快跑！（跑在端前，众犬在黑暗中蹿出追赶）

（端举湘上墙，然后爬上去助湘越墙。她的腿仍荡下来。一犬跳起来咬她足踝，她叫喊出来。

（主客涌出园中。）

苏：一定是有人进来。

一仆：小偷，没准是强盗。

高父：小姐太太们别出来。

苏：（高声）是什么人？

（端打狗，狗咬着湘不放。佣仆们持火钳棍棒来。）

湘：端祥你快跑，别管我。

端：（向众人）你们的狗咬人都不管？

一仆：是叶家的小姐！

（苏上前叱狗，二仆帮着拉开狗，湘痛极晕倒。）

苏：咬得不轻。

众客：（纷纷地）晕倒了？——吓着了。

苏：（向仆）快点，帮我抬她进去。

端：不许你们碰她。

高父：（指端）这是什么人？

仆：（向端张看）是叶家的当差的。

高父：当差的陪着小姐到处乱跑？带他进来。

（众仆拉端入。端挣扎，抢着扛抬湘。）

端：小心，别碰着她——流血呢。

湘：（微弱地）端祥，快跑！

高父：别让他跑了。老张，抓着他。

（众拥湘入。）

（厅的一角。湘卧沙发上，苏俯身检视伤腿，众围观。）

苏：叫李妈拿热水来。

兰：李妈！热水。马上要。

苏：有绷带没有？

兰：有有。哥哥，她伤得厉害么？

一女客：得请大夫。

一男客：这么晚了，大夫出不了城。

一仆：有个钱大夫就住在这儿不远。

苏：叫汽车去接去。

仆：噢。（急去）

兰：不是疯狗咬的？

高父：别胡说，我们的狗没病。

苏：还是得送医院去验过才放心。

（端推开老张越众上前。）

高父：（见端）小子，你说，是怎么回事，半夜三更跑到人家家来？

端：你们的狗咬伤了她要你们赔。

高父：好，倒讹上我们了！一个小姐跟着男佣人晚上到处乱跑，真没家教。

苏：爸爸，别说了，人家受了伤。

高父：（颔示仆人们，略咕哝了一声）撵他出去。

（仆人们围上来将端双臂扭到背后。）

端：要走一块儿走。

湘：（微弱地）让我走。我要跟他一块走。端祥！

（端向她奔去，苏拦住他的路。）

苏：（简短地）你滚出去。

（端蹙眉瞪视着他，屹立不动。）

高父：（大声）撵他出去！

（三个仆人跳上去拉端。端初不抵抗，但一仆掌端颊，端突挣脱。他褴褛的身影忽有威严的一刹那。众人都怔住了。）

端：（向众人）我走。我走。我早该走了，走得越远越好。

（湘突然有反应，目光发亮。）

端：可是有一天我会回来的，你们等着瞧，有一天我回到这屋子来，叫你们家破人亡，全都毁在我手里。（转身去）

（众人肃静一刹那后，七嘴八舌。）

众人：这家伙！是个疯子！神经病！打他嘴巴子！跟他主人算账！撵他出去！

（湘半坐起望着他的背影，面上现出奇异的神情。）

湘：（兴奋地）你走吧，端祥。再会。我等着你。

第六场：高家别墅

（上午。一骡车停在门前。钱大夫自门内出，上车。

（楼窗中，兰伏窗口向下望。背后房间内可以看见湘躺在沙发上。）

兰：（鄙视地）你母亲相信这大夫？

湘：我跟我弟弟都是钱大夫接生的。

兰：（望着骡车出园，笑）没听见说西医坐骡车出诊。

（镜头移入室中。）

湘：乡下有许多地方汽车不好走。

兰：每年夏天到这儿来避暑，都闷死了！今年幸亏有你。

湘：我的腿快好了，得回去了。

兰：唔……再多住几天。

湘：怕我妈惦记着。

兰：无论如何过了后天再走，后天请客不能没有你。

湘：我这样子怎么能见人？（指腿上绷带）

兰：（取衣橱外挂着的一件舞衣覆湘身，长裙连脚都盖住）哪！谁看得出？

湘：这怎么行？是你的新衣裳。（但忍不住凝视穿衣镜中自己的影子）

兰：借给你穿有什么要紧。

湘：我又不会跳舞。

兰：（开留声机奏舞乐）包你一学就会。叫我哥哥教你。（绕室独舞）

（湘入迷地望着她的舞姿与自己的镜中影子。）

第七场：叶家

（夜。苏、湘乘跑车驶入院门，停下。王开院门后跟入。叶太下阶迎。）

叶太：湘容！回来了？

湘：（向苏）这是我母亲。

苏：伯母。（下车）

叶太：（点头招呼，转向湘）怎么好意思在人家家住那么些天？

苏：嗳，我们才过意不去，叫叶小姐受惊。（代湘开车门）

叶太：是她自己不好。（阻湘下车）别动，我叫人来搀你。

苏：（笑）不用搀，她跑得比谁都快。

湘：（下车）妈，我还跳舞来着。

叶太：（笑）跳舞？（见舞衣）你这件衣裳哪儿来的？

湘：高小姐借给我的。（向苏）进来坐。（蹦跳着奔入屋内）

苏：等我把车掉个头。（开倒车，但院内停着一辆载柴草的塌车拦着路）

叶太：（高叫）端祥！来帮老王挪开这车。

（厅上。湘蹦跳着进来。）

O.S. 叶太：端祥！端祥！

（湘欢乐的神情顿时消失。叶太入。）

湘：（徐徐地）端祥？他在这儿？

叶太：（痛苦而又厌倦地扮了个脸子）昨天刚回来。横是打算逃跑，也不知上哪儿去了几天又回来了，问他也不肯说。

（湘露出失望痛苦的神气。）

叶太：端祥！端祥！（出至厨房）

（端自另一门入。端、湘直视，对彼此的装束都感到刺目、伤心。端比前更褴褛，赤着脚，头发更长更乱。）

端：（终于开口，饥饿地，乞怜地）湘容！

湘：（深感失望）端祥！

端：你为什么在他们家住那么些时？

湘：想不到你又回来了。

端：你为什么一住住那么些天？

湘：为什么？因为我玩得痛快，从来没那么高兴过。（见荪入）瞧你这样子，也不去拾夺拾夺，叫客人看着，连我都难为情。

（叶太入，见端。）

叶太：端祥！到处找你找不到，还不去把大车挪开，挡着高先生的路。

端：让他自己挪。

荪：不用了，你们那一位当差的帮我挪开了。

湘：端祥，给高先生道歉。

（端掉头不顾而去。）

叶太：（窘）就是这样没规没矩的！陈妈！倒茶！（入厨房）

荪：湘容。

湘：唔？

荪：我真不懂你母亲怎么肯用这么个野人。

湘：哦？

荪：叫化子似的，还自以为了不起，上次咒我们一家子，简直神经病。

湘：你知道端祥是什么样的人？

荪：（笑，摇手）知道。领教过了。

湘：他跟我从小一块长大的——

荪：那是你母亲不对。

湘：你凭什么跑到人家家里来，这样不对那样不对？

荪：你怎么了？

湘：你走。给我滚蛋。

（叶太复入，呆住了。女仆托茶盘跟入，也僵立。）

荪：湘容，你这次吓着了大概还没复原，你说些什么自己知道不知道？

湘：我说你看不惯就给我滚。我恨你！最讨厌这种大少爷，什么都不懂，还瞧不起人。走，走！你这张脸我看见就有气。

（苏奇异地望着她，似乎是初次认识她，然后突然转身走出去。）

叶太：湘容！

湘：你甭管！（突然呜咽起来）

第八场：岩上

（晨。湘在阳光中向岩石走去。

（端在岩上望着她来。二人互不招呼。她在他旁边坐下。沉默半晌后：——）

端：要起风了。

湘：这天大概要变。……端祥，你比谁都本事大，你叫这世界站着别动，叫西山永远这样，你跟我也永远这样。

端：西山跟我是不会变的，你也别改变。

湘：我没法变，不管我怎么着，我还是在这儿。

端：（苦笑）嗳，我们又都回来了。

湘：你跑哪儿去了？干什么来着？

端：（懒懒地拔草，不看着她）我到口外去，到了锦州等车，我整夜想着你，想着我不知多少年见不到你。我知道我办不到。没有你我活不下去——透不了气——你不明白？你不原谅我？

（她温柔地抚摸着他，四目相视，她自己不明了的热情涌上来充塞她的心。）

湘：(深深吸口气)端祥，你闻闻这花多么香。多采点给我，越多越好。

(他忙采大捧的花给她，她抱着花闭着眼睛。)

端：(忧虑地）湘容，你不想山底下那世界了？

湘：(窒息地）别说话，我怕这是个梦。

(他采更多的花堆在她怀中。)

第九场：叶家

(湘卧室。叶太助湘烫火钳卷发。窗外天色黄昏，飘着雪花。)

湘：妈，快点。

叶太：忙什么？他来了让他多等会儿也不碍事，人家脾气真好，让你骂走了还又回来。

湘：(嗤地一笑）不是他写信来赔礼，我还真不让他上门。(以阔缎带束发)

叶太：真是女大十八变，昨天还是个野孩子，今天成了个大小姐。——我去预备点心。(出)

(湘继续打扮。门开，端立门口。湘不觉。

(湘对镜戴珠项圈，镜中见端，徐徐转身。)

湘：(盛怒）端祥，从几时起你可以到我屋里来？

端：我有话跟你说。

湘：什么事？

端：他又上这儿来了。

湘：谁？

端：还有谁？姓高的。

湘：（微笑）你管不着。

端：你为什么打扮得这样？

湘：连我穿衣裳都要你干涉？

端：（逼近）你变了。

湘：我不是小孩了，不能一辈子不长大。

端：（鄙夷地）这就算长大了？（拉她的束发带，项圈。项圈断，珠子滚落，她不禁发出一声短促无声的惊呼）

湘：（顿足）死东西！混蛋！（闻汽车喇叭声，来不及拾珠）

端：好，你也跟着他们骂我。

湘：你不配人家待你好。绪荪说得不错，你简直神经病。

端：你干吗让他追求你？就为了满足你的虚荣心。

湘：你管不着。机会来了你自己不好好的干，情愿回来受气。

端：（乞怜地伸手向她）湘容！

湘：顶讨厌你像叫化子似的伸手求人。

（端看看自己的手，突然左右开弓猛掴她二下。

（汽车喇叭声加剧。端出。）

（端出至厅上正遇叶太迎荪入。端走过，正眼也不看他。荪瞪视端。）

叶太：坐，坐。这边坐。——湘容！（入湘室）

（荪面色显忧虑，若有所思。

（湘盛装入，荪忘忧起迎，握着她的手不放，注视她。）

（端入后院一空房，堆着柴，他的板床搭在一边。他的手似乎麻木。他立在窗前，窗上截糊纸，下截玻璃中看见雪花飞舞。

他掴窗二下一如掴湘。玻璃碎，割破手。）

（厨房，一小时后。叶太独守茶炉。端入。）

端：姓高的走了没有？

叶太：端祥！你的手怎么了？

端：（单调地）他走了没有？

叶太：（揪住他的手看，明白了一半，恐惧起来）你这孩子——什么事都干得出！

端：（苦笑）你别怕，她喜欢姓高的也行，喜欢谁都行，只要她肯原谅我，我死也甘心。

叶太：傻孩子。——别动。（扯布条代包扎两手）

O.S. 湘：妈！

叶太：（没包扎完）你别动。（赴门口）他走了？

湘：妈，我有新闻告诉你。

叶太：（顾虑地向厨房内望了望）别到厨房来，小心衣裳弄脏了。（引女坐厅上）

湘：（伸手向火盆）绪荪跟我求婚。

叶太：你怎么说？

湘：我说明天给他回话。

叶太：你到底对他怎么样？

湘：我当然愿意喽。

叶太：为什么？

湘：（笑）为什么？怎么，妈对他不满意？

叶太：我还有什么不满意的。

湘：那你怎么不高兴？

叶太：（沉默片刻）……那么端祥呢？

湘：（稍有点吃惊地看了她一眼，没想到她知道）端祥？他一天比一天下流。我要是嫁给他这辈子就完了。我情愿他走了别回来。

（一阵风吹得烛火乱颤。叶太向厨房望着。湘沉默了下来。隔了一会：——）

湘：这破家我真待够了。绪苏说接妈一块住，那倒也好，不用靠弟弟。

叶太：你别只顾我。你自己觉得怎么样？绪苏的脾气跟你对劲么？

湘：（摇摇头，茫然片刻，突然绝望地叫了出来）妈，我真不知道怎么办。

叶太：你还是为了端祥？

湘：他——他这人越来越没希望。可是妈，我跟他像是一个人。妈，要是全世界都死了，就剩他一个人，我还是活得挺有意思。

（一阵蹄声。）

O.S. 王：端祥！端祥！

叶太：他一定听见了。

湘：（惊）端祥？听见我们说话？听见多少？

叶太：我猜他听到你说嫁给他这辈子就完了。

（湘奔入厨房，开后门奔入院中。）

（院。湘自内奔出。）

湘：端祥！端祥！

（土来。）

王：跑了。把顶好的一匹骡了骑走了。

（叶太跟出。）

叶太：湘容，进来，别冻病了。

湘：（恐怖地）端祥！端祥！妈，他不会回来了。

叶太：上次不是回来了？

湘：这次不会，我知道。（向王）往哪边走的？

（王指。湘奔出院门。）

叶太：湘容！你回来！

第十场：野外

（风雪中，湘形影出没，跌绊着遥向镜头走来，衣破发乱。）

湘：（声音被风刮跑了，变为轻微）端祥！端祥！

（化入岩前。湘颠踬着在雪中觅路来到岩下。）

湘：（立洞口叫）端祥！端祥！

回音：端祥！端祥！

（湘挣扎着上岩。）

第十一场：叶家

（院中，王刚回来，牵着驴撣扑身上的雪。叶太与女仆立在厨房门口。）

叶太：（焦急）不行，你再去找去。

王：到处都找过了找不到。

叶太：这可怎么好？

女仆：少爷又不在家。

叶太：老王，你到钱大夫家送个信，再到高家去，叫他们帮着找。

第十二场：野外

（夜。许多灯笼分散成长列。犬吠声。数犬出现，就地嗅，又没入雪中。遥闻人声：——）

呼唤声：湘容！叶小姐！喂！喂！叶小姐！

（近黎明，雪渐止。自山上下望，一片洁白。钱大夫与荪在山坡上先后吹灭灯笼。）

钱：不知再往哪儿找去。

荪：非找到她不可。

呼唤声：嗳！嗳！这边！

（四面呼应声。一犬兴奋的吠声。钱、荪立即向那方向奔去。背景中一群人齐向岩石集中。）

第十三场：高家别墅

（天明。众仆抬湘上阶，钱、荪随。湘晕了过去，面色死白，头发滴水。兰披晨衣仓皇出迎。）

钱：有白兰地没有？

一仆：有有。

（众抬湘置榻上。）

苏：快生火。

另一仆：噢。

钱：多拿几条大毛巾来。

兰：她不要紧吧？

苏：不知道。还没醒过来。

兰：她在哪儿？

苏：在那块大石头上。

（钱接过酒杯，置湘唇边灌入数滴，转身放下酒杯。镜头移近湘面，她嘴唇翕动发出“端祥”一语。）

第十四场：高家别墅

（春，园中。湘披晨衣卧躺椅上，兰旁坐织绒线，几上置药瓶，水瓶，大小玻璃杯。

（苏自屋内来。）

兰：看护换班了，我下班了。（起）

苏：挪到这边来。大夫叫多晒太阳。（抱湘起）

（兰移躺椅，整理枕褥。苏放下湘，兰复代整衣牵枕盖毯。）

湘：（向苏）她真好。你们都待我那么好，可是我不能一辈子住在这儿。

兰：（低声，半自言自语地）为什么不能？

（苏埋怨地瞅兰一眼，湘佯作不闻。兰笑去。）

湘：（有点不好意思）我妈呢？

苏：伯母叫告诉你，她回家去看看，马上就来。

湘：我真得回去了。我妈在这儿陪我这些日子，我弟弟索性吃上了白面。

苏：谁告诉你的？

湘：（微笑）反正什么都瞒着我。

苏：你别着急，我已经打听到一个戒毒的医院，出名的。

湘：就怕他不肯去。

苏：他不去也得去。反正你放心，就管你自己好好的养病。

湘：（感动）绪苏，你这样更叫我心里过意不去。

苏：湘容，你不用说了，我等你一辈子也愿意。

（湘握着他的手贴在她颊上。他凑近前来。）

第十五场：结婚礼堂

（湘、苏婚礼行列出礼堂，纸屑乱飞。兰作伴娘。《婚礼进行曲》化入另一钢琴乐曲——）

第十六场：高家别墅

（五年后一黄昏，灯下兰弹琴，湘织绒线，叶太坐一旁。壁炉中火光熊熊。）

兰：（停住，欠伸）我们几时回北京去？

叶太：乡下太冷静，不怪你住不惯。

湘：过天叫绪荪请客开派对，家里有小姐是应当多交际，好找对象。

兰：算了，我是一辈子也找不到对象了。

叶太：你做嫂嫂的该替她留心。

湘：追求她的人多着呢，她挑得太厉害。

（狗叫。叶太侧耳听。）

叶太：有人来了？

湘：这么晚还有谁来？

叶太：我去瞧瞧。（出）

兰：（低声）你弟弟这一向来过没有？

（湘摇头，望门外似防母听见。）

兰：听说又打医院跑出来了？

湘：可不是，真拿他没办法。

兰：倒没来要钱？

湘：我不让我妈见他。给他钱又拿去吸毒。

兰：你妈怎么舍得不见他？

湘：我告诉佣人，他来了就说都不在这儿，在北京。

（穿堂。男仆在大门口与外面说话。叶太紧张地走近前来。）

叶太：谁？——找谁？

仆：找少奶奶。

（叶太不信，仍挤上来看。仆让开。）

叶太：（望着神秘的来客略感眼熟）谁呀？

端：（微笑）不认识我了？

叶太：（震动）是你！你回来了！

端：湘容呢？

叶太：（恐慌）你不能见她。

端：（笑）大远路来的，见不到她就肯走？

（厅上，兰弹琴。湘向后一靠，审视手中绒线活。叶太入。）

叶太：（低声）湘容。

湘：（见母面色有异）怎么了？

叶太：有人找你。

湘：谁？

（沉默中琴声止，兰旋身望。）

湘：（恐慌）是谁？

叶太：端祥回来了，要见你。

湘：告诉他——我不在家。

（荪入。）

荪：告诉谁你不在家？

湘：（力自镇静）端祥。（低头织绒线）据说是回来了。

荪：（强笑）哦？那倒是新闻。打哪儿回来？

叶太：他说是打东三省来。变的我都不认识他了。

荪：（强笑）变好了？

叶太：发财了，穿得又讲究，气派也大。

湘：妈就是这样啰唆，还不叫他走。

荪：湘容，别这么着，不能这样待远客。我倒要瞧瞧我们这位端爷发了财是个什么样子。请他进来。

叶太：（不情愿地，一面向外走）老刘，请客人进来！（出）

O.S. 仆：噢。

（湘坐立不安，取火钳添柴。荪接过火钳代添，触湘手，诧异，以左手抚湘手。）

苏：你的手怎么这么冷？干吗这么紧张？从前的事已经过去了，叫他看看我们多么幸福。

（湘疑问地望着他，他夷然微笑。她也微笑。兰装作不注意翻着琴谱。）

湘：对了。

（夫妇闻端足声，转身。端遥自广厅另一面走来，举止从容，显已向世界挑战得胜。端站住，瞪视苏片刻，略一鞠躬。）

苏：请坐请坐。真是好久不见了。好啊？

端：（向湘点头招呼）湘容。

（湘默然望着他。）

端：（四顾）我记得这间屋子。

苏：（让坐炉边）这边坐。我从来没看见一个人变得这么厉害，简直不认识你了。在哪一行得意？

端：谈不上得意。

湘：妈说你到关外去的。

端：嗳。

湘：我们都奇怪你不知上哪儿去了。

（兰起，走近前来。）

苏：你见过我妹妹没有？

端：（起鞠躬）高小姐。

苏：（半开玩笑地）在东三省发了财回来了？是开矿还是垦边？

端：还是走私贩毒？（湘变色）告诉你老实话，我是记得我父亲是蒙古王子，我母亲是满洲公主，所以去找他们，承继了一笔财产。（向湘，改用温暖的口吻，走过去坐在她身边沙发上）

你从前猜得一点也不错。我现在有八十匹骆驼，五百匹马，三千只牛羊。

湘：（声音微颤）你打算在这儿待多久？

端：待一辈子。

苏：预备住在北京？

端：嗳，就住在西山，我刚买下他们家的房子。（用下颏指了指湘）

湘：啊？

苏：祖培把房子卖了？怎么他母亲都不知道？

端：他卖了房子大概刚够还债。

湘：不是我们不替他还债，他欠得多了人家不肯再赊，好逼着他戒毒。

端：他不是小孩了，靠别人逼着他戒有什么用。

湘：（愤激地）怪不得这两天没来——手里有钱了。

苏：不得到叶老太太的同意怎么行？

端：你尽管去打听，是不是我使坏主意霸占人家的房子。

苏：这得找律师。

端：有什么问题尽管找我说话。现在我们是邻居了。

苏：（冷淡地）我们也不大住这儿。

端：（起）对不起，我来得太冒昧。（将行，向湘）我都忘了给你道喜，在关外听见你结婚的消息。

湘：（截断他，诀别地）端祥，再见。

（端略一鞠躬，去。众沉默地看着他出室。）

兰：哥哥，你这种态度真太难了。

苏：（诧）啊？

兰：嫂嫂你也是的，你们俩都是这样。

苏：我不懂你闹些什么。

兰：你至少可以对人家客气点。

苏：我没说错话。湘容的态度也非常好。

兰：你拿他当下等人，就这么撵他走。

苏：你拿他当上等人？

兰：我觉得他这人又明白又大方。

苏：我真没想到我有这么个妹妹。（向湘）以后别让她见他。

（兰怒冲冲出。湘一动也不动，强自控制自己。苏强烈地注意着她。她抬头望他，不安地四顾。）

湘：妈呢？房子的事得告诉妈。

第十七场：叶家

（厅。培向端求告。王侍立。）

端：你的钱倒已经用光了？

培：还了债还能剩多少？

端：你有阔亲戚，干吗老是找我？

培：不找你找谁？你住着我的房子。

端：撵他出去。

（王揪住培，培挣脱。）

培：不给不行，今天跟你拼了。（直奔端）

端：（向王）揍他。

王：（向培）少爷，我是没办法，吃人家的饭——（打培嘴巴）

培：混账王八蛋，傻瓜，你当他为什么留下你？好报仇呃，你等

着瞧！（已被王推出门外，绊着门槛跌下阶去）

（端掷下一钞票。培拾，去。）

王：（见端予钱）下次又要来了。

端：来了你留下他跟你一屋子住。

王：（困惑）噢。

（新用男仆来。）

仆：大爷，有客来。

端：谁？

仆：一位女客。

端：（突然兴奋起来）女客？打哪儿来的？

仆：高家别墅。

端：怎么不早告诉我？（急下阶迎）

（端至院中，见兰。）

端：（失望）哦，是高小姐。

兰：我太冒昧了。

端：（镇定下来）不不，请进来坐。

兰：（嗫嚅地）我骑驴子上山来看花，驴子摔了一跤，瘸了，没办法——

端：——只好上这儿来。

兰：可不是。

端：驴子在哪儿，我们瞧瞧。

兰：（恐慌）不用了，已经牵到你们马棚去，有人照应着它。

端：哦。那么　　进来坐。（让上阶）

兰：（至厅门前立住）那天我真跟我哥哥嫂嫂生气，我老实告诉他们，太没礼貌。

端：（锐利地看她）难道你哥哥叫你来跟我道歉？

兰：（惊）不是。他——他根本不许……（垂下眼睛）

端：不许你见我？你嫂嫂呢？

兰：她也……跟你生气。

端：（亲昵地）那么……我在北京就只有你一个朋友。

兰：我太幼稚，不配做你的朋友。

端：干吗这么客气？（突然转身望院中花树）今天天气这么好，陪你骑驴子上山去走走。

兰：（窘）我的驴子瘸了。

端：（逼近，她退倚门上无可再退）你的驴子没瘸。你来看我是因为你寂寞，家里就剩你一个人落了单，更觉得寂寞，是不是？（兰羞。）

第十八场：高家别墅

（厅中举行盛大舞会，一如昔年窥舞时。湘艳装与客舞。众瞩目。兰伴另一青年舞，屡四顾似寻人，心神不属。）

青年：你嫂嫂今天真出风头。

兰：（漫应）嗳。

青年：乐队是北京饭店的是不是？我认识那打鼓的。

兰：哦。

（乐止，众拍手，散。兰始见端立长窗前，衣夜礼服。兰急向他走去。

（湘撇下舞伴找到荪。）

湘：（用下颏指端，低声）他怎么来了？是你请他的？

苏：不是，是绪兰。

湘：你不是不叫她见他？

苏：女孩子们的脾气，越是禁止她越是赌气。让她跟他跳回舞吃顿饭，也就不稀奇了。

（湘注视兰、端共舞，如不闻。）

苏：（抚湘臂）不过你还是替我留神着点。

湘：（惊觉）好。

（端跳着舞心神不属，四顾似寻人。另一青年来敲敲端肩膀。）

兰：不行，我得跟他跳完这支，他喜欢这音乐。

端：不不，没关系。（让给另一青年）

（兰无奈，在另一青年肩上向他笑。

（端继续四顾，找到湘。湘正与一群人说笑。端走来。）

端：你不跳舞？

湘：累了，歇会儿。

端：出去透口新鲜空气。

湘：也好。（偕出，倚石栏上）你穿着夜礼服比谁都漂亮，就像我说的那样。记不记得那天我们偷看他们跳舞？

端：（低气压地，微颔）还像那时候就好了。

湘：（轻快地）难道你现在还比不上从前？

端：我现在有什么好？站在旁边看别人享受。

湘：得了，别发牢骚了，看西山的月亮多好。

端：（望着熟悉的月景，突然爆发）你怎么能不记得从前？

湘：（恐惧）端祥，不许你说那些话。

端：你自己心里的话也不许说？

湘：我心里什么话？

端：我听得清清楚楚。湘容！

湘：我不是从前的湘容了，你难道不明白？我是别人的。

端：（抱住她）他拦不住我，全世界的人也拦不住我。

（湘受不住他目中光，闭目。以下对白短促如喘息。）

湘：不行——

端：我们走。

湘：不行，我不能毁了他，叫他以后怎么做人。

端：别顾前顾后的——

湘：不能不顾别人——

端：我们呢？我们不是人？

（湘突然旋身奔入厅内，在玻璃门口遇兰。）

兰：嫂嫂，你看见端祥么？（见端）哦，你在这儿。来跳这支。

（端仿佛没听见。兰向他走来。湘在背景中立玻璃门前。）

兰：你不想跳，情愿跟我坐着说话？（见他不言不动）怎么了？

（端初次看她。）

兰：（笑）是不是湘容又得罪你了？她要不是我嫂嫂，我真当她是吃醋。

（端异样地望着她，一个念头正在他脑中成形。音乐声中，兰与他并肩立着望月。）

（化入苏夫妇在门前送客，一片汽车喇叭声。）

苏
湘：再见再见。

客人们：（纷纷地）今天这派对真好……玩得真痛快……过天见……

你打电话给我……

(化入兰卧室。兰哼着今夜乐队奏的歌,对镜刷发。门开,湘入。兰表诧异。)

湘:我有话跟你说。

兰:什么事?

湘:你今天晚上是怎么了?你根本不该请端祥,他来了你又拼命钉着他,叫人看着像什么?

兰:(怒)你是什么人,你配管我?叫你声嫂嫂是抬举你!(起,走开,湘挡住去路)

湘:你这傻子,还自以为了不起哪?

兰:(不屑地)谁理你?(推开她)

湘:我这话非说不可了。告诉你,他是利用你。

兰:(冷笑)哼!

湘:你难道看不出?

兰:我眼睛没瞎。

湘:他利用你好接近我。

兰:还说我自以为了不起,你才是自以为美,当人家永远忘不了你。他爱我。

湘:(疯狂地)别胡说。

兰:他告诉我的。他跟我求婚。

湘:(捉住她两臂,指甲掐入肉内)他什么?

兰:(狂喜)他跟我求婚。

湘:我去告诉你哥哥。(一松手,气得几乎把兰掼倒在地)

兰:(故意打击创口)好,你去告诉他,端祥要做他妹夫了。

湘：(呻吟着)绪兰，你不能这样！端祥不是人，是个鬼，回来报仇的。

兰：(缓缓地）你当我不知道你为什么这样？——因为你爱他。

湘：胡说！你敢！（掷身在兰身上，打她嘴巴）

兰：(冷静地）一听见我要嫁给他你就妒忌得发疯。你要他想你，为你生相思病，为你死，你可舒舒服服的做高太太享福。

湘：死丫头，你再胡说八道——

(敲门声。二女住口，四目互视，兰用挑战的目光。重闻敲门声。

(门开，荪立门口向二女逐一看去，略感困惑。)

荪：我听见你们声音。

兰：(控制喉音）我们在——在讲刚才的派对。(恶意地微笑)

荪：(将疑心丢开一边）湘容，去睡吧，你累了。(扶湘出)

(兰微笑看二人偕出。)

第十九场：叶家

(化入厅。晨。湘立室中四顾乱七八糟，久不打扫。王送茶入。)

王：姑太太请坐。端爷马上就来。

(端入。王见端即作畏惧状。)

端：(讽刺地）湘容，你怎么会上这儿来了？绪荪知道吗？横是不赞成？

(王急出。)

湘：端祥，是真的么？

端：什么是真的？

湘：你要跟绪兰结婚？（等了半天不得回答）哦，是真的。(绝望地)

端祥，你不能害了她一辈子，她并没对不起你。

端：（冷峻地）是你对不起我。

湘：那你尽管罚我。

端：所以我要跟她结婚。

湘：（不能相信）就为了叫我受痛苦？

端：嗳，叫你也尝尝受苦的滋味。

湘：端祥……你要是还有点人心，你别这么着。

端：（安静地，热情地）你要是还有点人心，你不能可怜可怜我？不，你讲究道德、品行，你虐待我，毁了我还算你有道德。（紧紧抱住她）

湘：（挣扎）你让我走。

端：（狞笑）好，从此以后我是绪兰的男人，我幸福你也该替我高兴，你幸福我不也替你高兴？

（湘奔出。）

第廿场：高家别墅

（厅。夜。苏激动地踱来踱去。湘不安地望着他。）

苏：（不能相信）结婚！我妹妹跟那骗子！

湘：你拿她怎么着？就是她父母在世也没办法。

苏：就是非得把她锁在家里也得拦着她。（大步上楼）绪兰！（无人应。提高声音）绪兰！

（湘立梯下，面露惊慌。楼上继续寂静。湘自惊慌变为恐怖。

（苏下楼，持一纸授湘。她几乎接不住。是一封潦草的短信，只看见“哥哥”二字。)

湘:(泣)你去把他们追回来。听见没有?拿手枪去追他们,端祥不答应你就打死他。

荪:她不是我妹妹了,我只当她死了。

湘:(疯狂地)你非去不可!不行,不能让他们结婚!

(荪诧望湘,走近一步瞪视她的脸,渐明白她的心理。)

第廿一场:叶家

(厅。比前更污秽零乱。兰无聊地坐着佯作看书。她形容憔悴,蓬头敝衣,与前判若两人。

(端立窗前出神。培在他身旁求告。)

端:没有没有。告诉你没有。

培:(频频咳嗽、眨眼,眼皮濛濛地阖下来)得了,给三十块。

端:你那么大瘾,我供给不起你。

培:你是诚心,看我瘾发了受罪,你乐。

端:谁有那么大工夫看你?(自燃香烟吸)

培:你给不给?(突拔出小刀)给不给?

(兰无声地惊呼。)

端:(微笑)好,你杀我。杀了我算你有种。(培手抖)记不记得小时候叫老王打我?你那时候就没出息,现在也还是没出息。

(小刀当啷落地。端笑,入另室。兰将跟入,转身向培。)

兰:不怪你自己家里人都不理你,这样不识好歹!

培:你!他恨你比恨我还厉害。他一跟你亲热就更恨你不是湘容。

（兰刺激。）

培：（拾刀）我是没力气，你为什么不杀他？

兰：你疯了？

培：（瞪眼望着她，轻声）去杀他。

兰：（恐怖地）少胡说。（急入）

（另室。端坐吸烟。兰入。）

兰：端祥，你为什么让他住在这儿？有他在这屋里我简直受不了。

端：受不了就回家去。

兰：我除了这儿没有家。谁要跟他们来往？

端：你不想家？

兰：你想湘容是真的。

（端别过脸去不理她。她跟到那边去拉他的手，他厌恶地推开她。）

兰：你别老是这样。（跪在他旁边）其实我知道，你并不是像他们讲的那样可怕，你是受痛苦受多了。我可以安慰你，我情愿做你的奴隶。

（他拉她起来同坐一椅，她抱着他，脸对脸。）

端：为什么你眼睛跟你哥哥一样，一点感情也没有。

兰：（绝望地）有的，有的，你不好好的看。你看，我是个女人，长得不丑，对你是真心。

（端掩面，突然起立，使兰跌倒在地，他看也不看，自另一门出。

（兰哭。王自厅入。兰立起来，竭力止住呜咽。）

王：（鬼鬼祟祟地）叶老太太来了。

兰：来干什么？

王：来看儿子。

兰：叫她领回去最好。（急出视）

（厅。叶太拉着培拭泪。兰入。）

叶太：（向兰）天哪，怎么瘦得这样！

兰：就是呀，还是得伯母管他，好好的调养调养。

叶太：（初次注视兰）绪兰，你也瘦了。

兰：（自惭形秽）我这样子可见不了人。

叶太：他怎么咳嗽咳得这么厉害？

培：是瘾发了，妈还不救救我？

叶太：上次医院里大夫就说不能再吃了，你心脏受不了。

培：先给我过了瘾，明天一定去戒。

叶太：不是妈不给你钱，再吃下去要送命的。

（培将开口，一阵狂咳，咳得暂时盲目。）

叶太：（恐慌，拍他的背，搂着哭）我是造了什么孽，就生他们姊妹俩，会都——祖培，你姐姐病得要死了，你还不去看看她？

兰：啊？——没听说她病了。

培：是什么病？

叶太：（哽咽着）肺炎。这回大概好不了了。

兰：（自言自语）她死了我许还可以活下去。

叶太：（又惊又怒）绪兰！

（培先看见端立在门口。二妇跟着他的眼光望过去，发现端。）

端：（向自己）湘容！湘容快要死了。——（突转身向外走）

兰：（追上去）端祥，上哪儿去？你不能去看她。端祥！（拉他，他打她）

叶太:（也追上去，但不敢近身）端祥，你去算什么？不行！别去！

（端已奔下阶。）

第廿二场：高家别墅

（湘卧室。湘卧床上，苏守着她。）

湘:（稚气地）给我开窗户。

苏:别着了凉。（闲闲地，掩饰忧虑）你为什么一定不肯上医院去？

湘:我不去！——叫你开窗户。

（苏不得已开一扇窗。）

湘:（迫切地嗅清新的空气）今天是南风是不是？

苏:嗳。

湘:绪苏，你去给我弄样东西来。

苏:什么东西？

湘:你到王府去给我采花。

苏:什么王府？

湘:（不耐烦）山上的王府。

苏:（强笑）你发热说胡话——山上没有王府。

湘:（大声）有，怎么没有。（坐起）就在我家后边。

苏:哦，就是那块大石头。

湘:对了对了，快去。（他扶她睡下，她推他走）

苏:（不安地）你为什么叫它王府？

湘:因为——我从前在那儿做过王妃。你去不去？去给我采花。

苏:你要是肯睡会儿我就去，睡会儿明天就好多了。

湘：快去。

（他代她掖被，出室。）

（厅。苏狂奔下楼梯。一仆闻声出现。）

苏：（慌张地）钱大夫呢？

第廿三场：野外

（端骑骡疾驰，骡汗下。）

第廿四场：高家别墅

（端驰至园门，勒骡，滚下鞍，奔入园，打门。仆开门。）

端：她在哪儿？你们少奶奶呢？

仆：少奶奶病着呢，少爷刚去请大夫。

（端推开仆奔上楼梯。）

仆：端爷！端爷！

（端不顾，上楼）

（湘卧室。空气极宁静。湘闭目卧。门徐徐开，端立门口瞪视她。她终于开目转面向他，无表情地凝视片刻，合目叹息。少顷又开目，仍看见他。）

湘：（轻声）是真是你，我当是做梦。

端：（轻声）湘容。

湘：我正在盼望着我死以前你会来。

（端闻言刺心，走到床前，湘抬身，二人拥抱着不放。她的手抓着他的肩、头、脸。他跪在床边哭，她抓着他头发逼他抬起头来。）

湘：你别——别放我走。

端：湘容！

湘：我害怕。端祥，我不愿意死。

端：你别说死的话。

湘：我摸摸你的胳膊。你身体多好。端祥，我死了你打算再活多少年？

端：湘容，你是我的命。

湘：（吻他头发）将来有一天你会不会忘了我？人已经死了多少年了，过去的事已经过去了。

端：（哽咽，声音硬化）你要是死了……我也完了。

湘：（痉挛地紧紧抱着他）要是能永远抱着你，等我们都死了多好。

端：你当初为什么不等着我？都是你自己！

湘：别说了，端祥，我受不了。

端：你受不了活该。你爱我的，为什么把我们的感情就这么扔了？

湘：（苦痛地）我后来明白过来了。你原谅我。

端：（吻她）你杀了我没关系，杀了你自己可怎么叫我原谅你？

（叶太入。培随，恐惧地立在门口。）

叶太：端祥！还不快走，他回来了。

湘：（恐慌地抓紧他）别走。

端：我不走，湘容。

湘：你不能走。（目光渐散）

端：我在这儿。我再也不离开你了。

（培在门外守望。）

湘：（稚气地）妈，那回他走了，我不是告诉你，我跟他是一个人。

叶太：别听她说胡话。

湘：是真的，是真的！我是他的，从来没属于别人。

叶太：你信她胡说！快走！

湘：（指窗）端祥，扶我去看看山上。

端：噢。（抱起搀至窗前）

湘：今天天气多么好。

培：（急入门）来了来了！上来了！

湘：端祥，你看见我们的王府？那边。我在那儿等你。（突萎顿，变僵硬）

（端继续立在窗前抱着她，风吹着她的衣服。

（荪偕钱入，见状变色。钱上前把脉。）

钱：我们来晚了。

叶太：湘容！湘容！（拉着培大哭起来）你姐姐没有了！

钱：抬她上床去。

端：（不动）她是我的。

荪：（扳湘看她的脸）湘容！

端：你走开，现在她是我的了。（抱湘置床上）

叶太：（哭喊）端祥，你还不走？造的孽还不够？

荪：算了，人已经死了。

（叶太哭泣着的脸化入她十余年后的脸：——）

第廿五场：叶家

(叶太与客拥火盆坐。故事刚讲完。)

客：后来呢？你没跟女婿住？

叶太：(微吁) 他当然心里不痛快。我无依无靠，到了儿还是上这儿来。

(沉默片刻。风声呼呼中，忽闻打门声。门开，苍老的钱医生遍身雪花立在门口。叶太惊异地起迎。)

叶太：钱大夫，这个天你还出去？

钱：到刘庄去接生。

叶太：进来坐。

钱：我问你，端祥是不是完全疯了？

叶太：怎么？ (恐惧地望望内室似怕他听见)

钱：我看见他带着个女人在雪地里乱跑。

叶太：女人？

钱：仿佛是个年青的女人。两人手搀手亲热着呢。

(客自医面望到叶太面庞。叶太向他微颔。)

钱：我先还当他们迷了路，(兰自阴影中出现，王立兰身后) 叫他就像是没听见，叫赶车的赶到他们跟前，骡子忽然吓跑了，车都砸坏了。

兰：(迟钝地) 你看见他跟她在一起。

钱：不知是什么女人。

兰：湘容。

钱：你这是什么话？

兰：他半夜里出去了。湘容把他叫出去了。

王：（磔磔笑）冤鬼来讨命。

钱：（向叶太、兰）得去找他去。这雪好深。

兰：（哀鸣）找他？往哪儿去找？

叶太：我知道。……他准在那儿。

第廿六场：山上

（客、钱、叶太、兰、王一行人冒雪循足迹向岩石走去，王打灯笼，钱持电筒扫射。）

客：这是他的脚印？那女人的呢？

钱：（喃喃地，半自言自语）奇怪，我明明看见有个女人。

（电筒惊起二鸟噗喇喇飞上岩去。镜头迅速地跟上去，赫然发现端躺在岩上，已冻死。音乐轰然加响，转入湘昔所唱歌。镜头上移，是二鸟在岩上盘旋片刻，向天空中双双飞去。）

剧终

＊作者手稿。收入《续集》。

伊凡生命中的一天

人物

伊凡

戚沙

马贤科

聋子

少年

队长

副队长

基督徒

船长

其他犯人 A、B、C、D、E……

看守 A、B、C……

中尉

排长

护送队队长

兵士等

工头

厨役等

队长回忆中诸女、流浪者、军官等

第一场

(风在呼号。窗震震作声。鼾声起伏。)

叙述者:冰天雪地的西伯利亚，早晨五点钟还是漆黑，像半夜一样。瞭望塔上两只探海灯在劳动营里照来照去。

(隔窗闻起身号——钉锤敲一截悬挂着的铁条数响。鼾声继续。呵欠声。叠架床吱吱格格响。)

叙述者:有人起来了。伊凡蒙着头睡，可是营房里什么声音他都听得清清楚楚。看守来开门——(下闩声，吱呀开门声)值班的把烤干的靴子拿回来,扔在地下一大堆——(咚咚掷靴声)抬马桶的把杠子穿进去——(木杠与桶摩擦声，扛抬者短促沉重的脚步声)

犯人A:妈的，连个马桶都抬不了?撒我一脚。

马:妈的，你自己不好好走。

犯人A:马贤科这家伙顶不是东西。

马:还骂人?我揍你妈的。

副队长:闹什么呀?(砰然掷靴击柱)又是马贤科，专门捣蛋。

马:(低声叽咕着)得得，反正我倒楣。他妈的……(声与挑担脚

步声仝去远）

聋：（声特大，时而似失控制力）伊凡！伊凡！

戚：（不耐）聋子少嚷嚷，你聋他不聋。

聋：伊凡！伊凡！奇怪，天天起个大早，今天怎么了？老睡不醒。

船：（自外返，嘘溜溜吸气，摩擦二手）喝！好冷。准有零度下二十度。

戚：船长不怕冷，还出去上厕所。

船：不去不行呃。

聋：伊凡！伊凡！（伊只哼哼）伊凡我的手套缝好没？

伊：我不舒服，起不来。

聋：啊？什么？

戚：（大声）他病了，起不来。

聋：糟糕——也是他自己兜生意给我做手套。

船：他是当裁缝的？

戚：（懒洋洋地）什么呀，船长你新来不知道，他们老犯人有他们的窍门，早上一早起来，利用这点自由时间给别人当小差使，挣俩钱贴补生活。

船：（模糊地）哦。

少：戚沙先生，你的靴子。

戚：哦。（置靴于地声）向来每天都是伊凡给我送来。

船：那倒方便。

戚：嗳，省得光着脚跑去找靴子。

聋：这个天没手套怎么行？今天第一天开到野地去干活，这不得冻死？

少：冻死也不是你一个人的事。

戚：嗳，基督徒，快祷告，求上帝保佑。

基：（在伊上铺喃喃地）耶稣就对他说，不要禁止他——

少：（嗤笑）这家伙，一天到晚不是祷告就是念《圣经》。亏他那本《圣经》老没叫搜出来。

聋：这个天到野地去，四面不挡风，一到那儿先得叫你装铁丝网，自己把自己关在里头，怕你逃跑。（从齿缝里）嚇咦呀！

（众沉默片刻。）

少：队长许会给我们想办法，不叫去。

聋：想办法，得有咸肉拿去送人哪，不然叫队长也没办法。

少：戚沙先生你这向收到粮包没有？

戚：（漫不经意）唔？没有。还是上个月。

犯人 B：（声较远）人家反正不要紧，干户内工作的。

犯人 C：（声较远）一样当犯人，人家有办法的照样有办法。

副队长：（咚咚走来，愤怒地）戚沙，我们又上当了。

戚：怎么了？

众：（七嘴八舌）怎么了，副队长？

副：配给部那些坏蛋，应当给四个二十五两的面包，我只拿到三个。这该谁少拿？

（众沉默片刻。）

少：老规矩，谁偷懒谁少拿。

马：（咬牙）小杂种，连你也找上我啦？你看见我偷懒哪？

少：我又没说你马贤科，谁叫你多心？

聋：（嗫嚅地）伊凡今天不舒服——

马：（急切地）啊？生病？少他一个人许还差不多。

少：（推伊）伊凡，你去不去告病假？

（伊只哼哼。）

聋：哪儿不舒服？

伊：背疼，疼了一晚上。

聋：啊？什么？

马：还不快去告病假，生病再上野地去，不是找死嘿？

聋：他再有两年就可以出去了，熬到现在不容易呃——

马：可不是，这时候再送命太不犯着。

伊：（透过滤音器）嗳，决定请假。就怕不准，又得出岔子。管它呢，去碰碰运气。还许真病得不轻，让我住医院好好地歇两天，睡个够。

叙述者：伊凡正这么想着，身上盖的毯子跟制服让人一掀掀掉了。他坐起来，看见那看守正拿着他制服看号码。

看守 A：八五四号，徒刑三天。

伊：老总，为什么？

看守 A：听见起身号不起来。——还有谁没起来？

（一片轰隆轰隆下床声。）

看守 A：走走！跟我到营长室去。

（二人脚步声。砰门声。）

副：马贤科，他的早饭你给他看着。

马：副队长，你没听见，判三天徒刑，还赶得上吃早饭？

副：到时候不来再说。

（音乐。继以风声，铁丝吟声。

（看守室：看守 B 哼唱俄国民歌。旁有鼾声。开门声。看守 A 带伊入。）

看守 B：（以棋子敲盘）嗳咦，来来来，咱们下一盘。

看守 A：我还有事。

看守 B：来来，我不信我这棋下不过你。

看守 A：八五四号，今天饶了你，罚你给看守室拖地板。

伊：是是。

看守 A：便宜你。

伊：多谢老总。

（看守 A 砰门出。歌声，鼾声继续。）

伊：老总，水桶呢，我去打水。

看守 B：你不长眼睛？火炉后边。

（提取铅桶呛啷声。音乐过程。风声怒吼。）

犯人 D：妈的，井上冰那么厚，水桶都下不去。（冰、桶摩擦声）

伊：我来，我试试。

犯人 D、E：（参错地）下去了。——下去了。

伊：瞧这绳子，冻得像根棍子。

犯人 D：好家伙！光着手拉绳子？

犯人 E：你真不在乎。

伊：可不疼得要死？

犯人 D：这个天出来不戴手套？

伊：还有工夫让你戴手套？叫他们逮了来拖地板的。

犯人 D：咦，不是有个犯人派在看守室当差，干嘛还乱逮人拖地板？

伊：嚇！你不知道，那犯人老在旁边听他们说话，他们的秘密都让他知道了，还敢差他做事？

（吱吱格格声，桶拉上来。）

犯人 E：（不耐）解绳子呀。

伊：手冻僵了，在水里渥渥。（桶中水泊泊声）好暖和。

（音乐，转入适哼唱民歌曲调。）

看守 B：混账王八蛋，关门哪！有风。

（铅桶置地板上声。关门声。）

看守 C：是今天的风，火老生不大。（轰隆轰隆火钳通煤声）

看守 B：正月份可以领到十斤麦片。

看守 C：没有，没十斤。

看守 B：嗨，你瞎了眼睛啦，混蛋，把水往人靴子上泼。

看守 C：人家外边早已不配给了。

看守 B：可什么都买不到。

看守 C：米也缺货。

看守 B：米又不同了，米不能跟麦片比。——他妈的，你打算用多少水？谁这么着拖地板？

伊：（陪笑）老总，不这么洗不干净，这泥多厚。

看守 B：妈的，你没看见你老婆拖地板？

伊：老总，我十年没看见老婆了，都忘了她是什么样了。

看守 B：这些饭桶，什么事都不会做，让他们吃面包都白吃了，只配吃屎。

看守 C：其实天天拖地板干嘛呀？那潮气谁受得了？嗳，八五四号，你擦一把就滚蛋。

伊：是。

叙述者：他是存（音成）心的，正好马马虎虎擦一把就算了，抹布一扔，水往外边一倒，就抄小路往食堂跑，还许赶得上吃早饭。

（雪地跑步声，被急促的音乐淹没。）

第二场

（营房人声嗡嗡。伊奔入。）

伊：（气喘吁吁）副队长。

副：嗳，伊凡，倒没叫你坐监牢？

马：还坐监牢？吃早饭也有他，领面包也有他。

副：你没去请病假？

伊：去过了，不准哪，热度不够高。

马：又吃得下又跑得动，生什么病？

副：哪，面包拿去。

（伊奔回自己床前，喘息着爬上床架声。）

基：（喃喃念）马太福音第十五章：于是耶路撒冷的书掌和法利赛人来向耶稣说……

聋：伊凡！不给我缝手套，破布还我拿来绑腿。

伊：哦。

聋：喝，你这褥子破这么个大洞，倒好，什么都藏在里头。

伊：（情急）别嚷嚷行不行？

聋：丢了面包可别怪我，你上边的基督徒也看见了。

伊：他不要紧。

聋：你收在柜子里不放心？

伊：上回不是闹该班的偷东西？

聋：只有一个办法最靠得住，拿到马上吃了。

伊：吃得太快肚子不饱，白吃了。

聋：咳，总算现在各人自己收着，从前大家锁在一个面包箱里，多别扭，自己咬一口做个记号，晚上哪儿认得出？

伊：还是那回有人逃跑，偷了个面包箱带走了，这才改了规矩。

聋：马上要点名了，你还有工夫缝褥子？

伊：得，这不结了？（拍褥使平匀）

聋：看不出来。

伊：（低声）不知摸得着摸不着。

队长：一百零四队，出去出去！出去点名。

（许多床架格格欲倒。杂乱的脚步声蜂拥而出。音乐。风声呜呜。）

聋：咦，我们还排在老地方，难道不开到野地去？

伊：嗳。到底我们队长本事大。

聋：不知哪一队倒楣，去做替死鬼。

（划火柴声。沉默片刻。）

伊：那么大风，亏他点得着。

聋：（低声）瞧那马贤科，人家一点上烟就在跟前转来转去，等着拣香烟屁股——（越说越响）

伊：（低声）别那么大声。

船：戚沙，那边排班是干什么？

戚：他们的号码不清楚，得重漆。

船：哦？

少：号码不清楚，逮到了得坐监牢。

船：坐监牢不便宜了我们？不做工。

戚：船长你不知道，在那冰箱里关几天准得生肺炎。

少：还得饿肚子挨打。

船：（诧）挨打？

少：可不用鞭子打。

戚：（低声）真讨厌，一抽烟就钉着你看。

船：昨天也跟我要来着。

戚：偏不给他。

看守 C：走走！搜身哪！

（脚步声开始移动。）

马：（情急，流涎）戚沙先生，你抽完烟让我来一口。

戚：（沉默少顷）伊凡，你拿去。

伊：（惊喜）哦哦，多谢。

（群众继续向大门走，遥闻呼喊声。）

呼声：怎么连汗衫都要脱？

众：（纷纷地）啊？怎么回事？汗衫都不许穿？是上头发下来的。奇怪！

聋：（同时）怎么了？说什么？

排长：（喊声渐近）衬衫解开！

少：嗳呀，好容易留下这点热气都没了。

排长：（至近前）衬衫解开！

看守 A：解开衬衫钮子！

排长：谁多穿衣裳的马上脱下。

看守 A：这羊毛背心哪儿来的？快脱下。

船：你们没权利叫犯人这么大冷天脱衣裳。你不知道刑事法第九条？

看守 A：（叱）嚇咦！当着中尉少胡说。

船：你们这种行为不像苏维埃人民，不像共产党。

中尉：（发作）军法监狱关十天。从今天晚上起。

排：是。

兵：走走！跟上，跟上！

（脚步声。）

船：（半自言自语）干嘛从晚上起？

少：晚上叫你辛苦了一天回来坐监牢饿肚子。

（众沉默片刻，只闻脚步声、风声。）

伊：天亮了。

船：太阳出来是一晚上最冷的时候。

伊：哦？（半自言自语）怪不得脊梁疼。浑身疼。

犯人A：看那基督徒，望着太阳笑呢。

犯人B：他妈的，还笑！有什么可乐的？

犯人A：那些信教的就是这样。

兵：站住！五个人一排。

（杂乱的脚步声。）

兵：他妈的，不去排五个一排，拉下你一人一排——（打他颈项背后一下）

马：嗳哟！

另一兵：你不知道这家伙，跑到那边去拣香烟屁股——（踢打推搡声）

（脚步声继续。）

少：这马贤科就是这样，看见香烟屁股就拣，痰罐子里都给捞出来。

船：以后别这么着，会生传染病的。

马：（冷笑）船长你等着瞧，等你在这儿待上八年，你也照样拣。

船：你这人真不识好歹。

马：算你当过船长，告诉你，这儿官比你大的多着呢。

聋：啊？说什么？——刚才船长真倒楣，可也怪你自己太要强了。

少说一句，事情不就过去了？

少：聋子又瞎打岔。

马：算他是硬汉。冰箱里关十天出来看他还硬不硬，除非翘了辫子。

(门口守兵大声迅速点数。)

守兵：一、二、三、四、五、六、七、八、九、十……

(齐整的步伐声。)

护送队排长：(重复点排数）一、二、三、四、五、六……

(护送队开拔，步伐声。犬吠声，吼声。)

护送队队长：犯人们注意，我们护送队有机关枪有猎狗。你们得按次序跟着队伍走，不许说话，眼睛朝前看，手别在背后。往左往右走一步，就作为企图逃跑，士兵不加警告马上开枪。好，快步走。

(步伐加速。风声。电线杆铁丝吟声。)

看守 A：四三八号。手别在背后！

(步伐声。)

船：那马贤科在外边是干什么的？

伊：听说做过官，还有汽车。自从进来，老婆也跟他离婚了，没人给他送粮包，落得这样。

船：(沉默片刻后）你有老婆没？

伊：(淡漠地）有。

船：有信吗？

伊：信上能说什么？我都懒得写。

船：你反正就快出去了。

伊：难说。到时候知道出得去出不去。

船：怎么？

伊：我来这些年从来没一个人放出去。

船：来了多少年？

伊：八年多。

船：倒也不想家？

伊：想有什么用？

看守 A：五零二号，跟上，跟上！

（风声。）

伊：（透过滤音器）一想到回家去，兴奋得气都透不过来，可是我不相信真会放我回去。想也是白想。不想家，想什么呢？想……想褥子里那块面包还在那儿不在，没给偷了去？

（音乐。）

第三场

（风声呜呜。杂乱的脚步声，人声嗡嗡。）

队长：（较远）嗨，你们多去几个人抬板箱。马贤科、船长，去铲雪去。嗨，你们俩去找木料，劈柴生炉子。

聋：（瑟缩）调到发电站好冷！

伊：房子刚造了一半，不挡风。

聋：比上野地去也好不了多少。

犯人 A：聋子！伊凡！队长叫。

（二人忙跑过去。）

队长：你们俩上楼去砌墙——

伊：噢。

队长：可先得想法子叫机器间暖和点，太冷了没法调石灰浆，我们自己也冻僵了没法干活，明白不明白？

伊：嗯。

犯人B：队长，电梯坏了。

队长：叫副队长去报告去，马上叫人来修。

犯人B：噢。（去）

队长：伊凡，这三个大窗户，第一得把窗户堵住，用什么堵可得你们自己去想办法。

少：队长！队长！三十八队不肯给板箱。

队长：不给也得给。（去）

聋：队长说什么？

伊：叫我们去找东西挡窗户。这可往哪儿去找？

聋：（低声）我知道。来来，出去告诉你。（偕出。雪地上脚步声）那边有个地方搭现成的房子，有一卷屋顶毡子，是我自己收着的，咱们去拿去。

伊：那么，我先弯到那边去拿我的铲子。

聋：啊？什么？

伊：有一天派给我一把好铲子，算让我混过去了没交还。

聋：哦！你也有你的私房东西。

伊：做石匠没个好铲子还行？

聋：你藏在哪儿？

伊：天天换个地方。

聋：（半开玩笑地）哼，今天让我看见了，敢情非换不可。

伊：当然了，你也是石匠，正用得着。今天要是开到野地去，可就没了。

（铁锹啄硬物作叮叮声。聋、伊走过一群犯人在地上凿孔竖杆。）

伊：嗳，你们凿洞不是这样凿的。这地是上了冻，点个火不就化了。

一犯人：不许点火。

另一犯人：不给我们柴火。

伊：自己不会去拣些柴？

第二犯人：犯规矩的。

伊：瞧这地冻得像铁似的，砸下去都冒火星。

聋：（吐口痰）得了，伊凡，要你管？你算老几？

伊：真是，叫这些人白费工夫锄地，这样的天。

（风声。叮叮声继续。二人足声。音乐桥梁。

（木材运输机轰隆轰隆响，廿余人扛抬木材，作短促呼声。）

伊：这儿造房子哪？

聋：爬上去看看。

（二人爬上一堆废料。砖石废铁纷纷滚落声。）

伊：好家伙，这机器运木头运得那么快，这些人忙着叠（音夺）木头，连透口气的工夫都没有。

（机器声、扛抬声继续，韵律加速，越来越紧张。聋、伊看怔住了。）

聋：（低声）他妈的。

伊：走，走。（爬下废料堆，砖石滚落声）

聋：好家伙，这是哪一队？不要命了？

伊：机器不停嘿，没法停。

（机器声渐远，复闻聋、伊脚步声。

（音乐桥梁。）

聋：哪，就在这木板底下。

（二人抬木板置地声。曳出毡卷，数木板绊落磕托声。）

伊：这么大卷，可怎么拿回去？

聋：让他们看见不得了。

伊：不能抬着走，这得竖起来两人抱着走，远看就像三个人似的。哪，这么着。（试挟行）

聋：就怕碰见看守。

伊：看守倒不管这些，就怕工头。

聋：你就快出去了，可别出了碴子加判十年。

伊：多判我十年还不容易，还怕他们找不到碴子？

聋：待会儿工头看见窗户上挂着毡子，一定知道是哪儿来的。

伊：关我们什么事？就说本来在这儿的，难道叫我们拆下来？

聋：队长决不会说出我们来的，这倒可以放心。

（二人沉重的脚步声，挟毡卷曳地声。

（音乐桥梁。

（机器轰隆轰隆声渐近。）

聋：妈的这么半天还在那儿干？

（机器声中忽闻异响，刺耳的轧轧声。）

聋：怎么了？

伊：你扶着，我上去看看。（爬上废料堆。惊怖地）把一根大木头塞在铁链子里，大家都使劲靠在那木头上。

（机器声止。寂静中闻众喘息声。）

众犯：（纷纷地）行了行了，好了。

一犯人：巴弗洛，去报告去，运输机坏了。

聋：咱们走吧，别叫他们看见了。

伊：嗳，待会还当是我们说的。

聋：回去别说。

伊：（厌倦地）知道。我看见得多了，没一个机器不让工人毁了。

聋：快跑，毡子背在背上。

伊：让瞭望塔上看见我们可不得了。（全奔）

（音乐桥梁。）

伊：（通过滤音器）总算平安回到发电站，毡子也挂上了。一卡车一卡车的水泥砖运了来——（卡车倾倒大砖落地作巨响）

聋：（拉长声喊）石灰浆！

（四人立斜板下抛一批砖到平台上，另有人传呼转递，终抛到二楼聋、伊前。）

船：（推手车咿哑，厉声）马贤科你不好好推车？

马：妈的你管得着，还在这儿当你的船长哪？（唾船面，被船打一拳）嗳哟！

伊：（拉长声）石灰浆！

船：来了来了，让开让开！

伊：（低声以肘推聋）嗳，聋子。

聋：看见了。什么了不起，还不跟我们一样是犯人，算他当上了工头。

副：（自楼下喊）队长！工头找你。

（工头急促地跑上斜板，副队长跟着跑上来。）

队长：什么事？

工头：你当队长的，这——这算什么？

队长：怎么了？

工头：你这毡子哪儿来的？犯法的你知道不知道？这不是坐两天监牢的事，得多判你二十五年。

（呛啷掷铲声。）

伊：（通过滤音器）队长把铲子一扔，副队长跟聋子可都拿着铲子，三人包围着工头。聋子耳朵不行，可是大个子，长得又结实。他话没听清楚，可是心里明白。

队长：（凑近，低声，颤抖）你这王八蛋，还想判人家二十五年？你敢言语一声，你自己今天活不到明天。听见没有？

工头：（恐惧）嗳～～都是自己人，这又何必生这么大的气？

伊：（通过滤音器）队长不理他，拣起铲子来砌砖头。副队长下楼去了，走得可真慢。

（缓慢的下楼足声，斜板吱吱响。）

工头：（微嗽，哀恳地）可是你叫我怎么交代？

队长：你就说我们来的时候就是这样。

（铲刀刮砖声。）

工头：（微嗽，踱至伊前）嗨，八五四号，你为什么抹这么薄的石灰浆？

伊：这个天石灰浆抹厚了，夏天不成了漏斗？

工头：你当石匠的不听工头的话？

（片刻的寂静。工头微嗽，下楼，斜板吱吱响。）

队长：（扬声）你把我们的电梯给修好。凭什么我们做牛做马，那么大块砖头得一个个运上楼去。

工头：（一面下梯）运上去有工钱拿的。

队长：工钱！照推车的价钱算，推车多省事。

工头：（自楼下高声）我主张加工钱也没用，会计不肯加。

队长：会计！我们大伙儿辛辛苦苦，就够给四个石匠运砖头，能挣几个钱？——（拉长声）石灰浆！

伊：（胜利地拉长声）石灰浆！

（音乐。）

第四场

（午饭汽笛声中，众犯拥入食堂。）

食堂勤务：不许乱挤！分队进去。——还往前挤？（以棒打）

众：不怪我们，后头人推。

食堂勤务：退后退后！排队！（卜卜棒打声）

少：为吃饭也打人。

伊：打人也拣我们好欺负的打，人家的棍子有眼。

少：他们在厨房帮忙的比厨子还凶。

副：（高声）一百零四队跟我来。

（挤轧咒骂声。伊等终挤入。食堂人声嗡嗡。）

船：（在门口高声）你们这些人，吃完了赖着不走，不让别人进去。

伊：（挤到一张桌子前面清理出一块空地）嗳，让开让开，对不起，我们人多。——走不走？走不走？去你妈的！（推搡声）

厨夫：碗！碗！吃完了还碗！

副队长：（挤到柜台前）一百零四队。

（厨夫盛粥碗匙叮当。）

伊：副队长，这边这边！交给我。

厨：（双手按碗点数，一次援二碗出窗）二，四，六，八——

副：（跟着数）二，四，六，八——（转递伊）

（碗置桌上声。）

伊：（防人打翻）嗳，当心。嗳，老兄，吃到别人碗里来了？

（打落汤匙）

厨：十，十二，十四——他妈的碗又没了，你们洗碗的管干什么的？就管吃双份。

（一犯人捧托盘叠满空碗向柜台上哗啷啷一搁。）

厨：哪，又来一批脏碗，快洗！（授盘入窗）

叙述者：伊凡乘厨子不看见，把柜台上两碗麦片拿着就走，轻轻地跟副队长说：——

伊：十四。

厨：（发现）嗨！拿着往哪儿走？

副：他是我们队里的。

厨：我正数着，让他搅糊涂了。

副：（懒洋洋地）十四。

厨：我已经数到十四，这是十六。

伊：（大喊）你数到十六，可没交出来。你不信自己来数。瞧，都在桌上。（通过滤音器）我看见聋子跟布兴斯基挤上来，就把手里两碗麦片往他们手里一塞，他们坐到别处吃去了。

厨：（汹汹地）碗在哪儿？

伊：哪，哪，你尽管看。——混蛋，让开，人家看不见。——哪，这是刚才那两碗，剩下三排，四碗一排。你数。

厨：（咕噜）他妈的这些混账王八蛋，都不是人养的。（继续授碗出）十六，十八，二十，二十一，完了。下一队。

（简短的音乐过程。啜粥声。）

一犯人：（蓬蓬拍伊背）嗳，吃完了让别人坐。

少：（笑）人家没吃完。伊凡今天吃三份。

犯：三份？连队长副队长都只有双份。

伊：信他胡说。

少：还有两碗不是你的？

伊：（低声）这孩子。反正不会两碗都给我。

少：船长骂人吃完了不走，他自己也不走。

伊：这儿暖和，懒得动。

副：（自长桌较远一端）伊凡——

伊：（正等着这一声）呃，副队长。

副：这两碗你拿去。

伊：（喜出望外）哦——

副：你自己拿一碗，还有一碗给戚沙送去。

伊：（安静下来）噢。（接碗啜粥）

少：看马贤科站在副队长跟前不走。

伊：这家伙，他知道多一碗。

少：只有船长什么都没看见。

伊：船长可怜，新来什么都不知道，照这样简直没法活命。

副：船长。——嗳，船长！（授以一碗麦片）

船：（茫然）啊？（如见奇迹）这一碗哪儿来的？

副：你拿去拿去。

（船啜粥声。）

少：马贤科气跑了。

伊：那家伙，要是便宜了他我倒不服气。

少：送给戚沙那碗还不是你的？人家有粮包，有好的吃。

伊：他也好久没收到了。

少：他们办公室成天坐着烤火，真是好差使。

伊：谁叫人家有咸肉送人情呢？（起，持一碗麦片向外挤）让开让开。

食堂勤务：（在门口拦住）嗳，嗳，碗不许拿出去。
伊：是送到办公室的。

（音乐桥梁。

（伊吱哑一声推门入。）

戚：不行，从客观的看法你不能不承认他是个天才。
老犯人：什么天才？老油子。
伊：（胆怯抱歉地微嗽）戚沙先生的饭送来了。
戚：（不经意地）噢。（叮当置匙入碗）《暴君伊凡》教堂那一场多么帅。
老犯：捧专制帝王，思想有毒素。
戚：不捧不行呃——
老犯：捧专制独裁，迎合上头的口味，这叫拍马屁，不叫天才。
戚：（吃麦片）不过艺术不是内容，是技巧。
老犯：什么技巧也是白废。

（伊吱呀开门出。）

戚：嗳，你等等，碗拿去。（啜粥声）

（音乐桥梁。

（发电站人声嗡嗡。伊来。）

聋：（喜悦地）嗳，伊凡，坐这儿烤火。
少：（喜悦地）队长回来了，把工作报告搞好了。
犯人 A：大概戚沙帮忙来着。
少：人家戚沙的确有两手。
伊：不怪队长看得起他。
犯人 A：其实搞来搞去还不是便宜了管事的，当犯人的顶多多拿几两面包。
伊：别看不起几两面包，差这么点就真活不了。

少：听队长讲故事。队长今天真高兴。

队长：吓死了，旅长叫我去。立正，敬礼！“红军士兵提乌林报到。”他一拍桌子：“红军是为劳动人民服务的，你是什么东西，你是富农的儿子。你欺骗苏维埃政府！”我一声不言语。我一年没写信回家了，不让他们找到我，也不知家里怎么样了。我那时候二十二岁，还小呢。

（寂静片刻。）

伊：（低声）借根香烟给我，明天一定还你。

队长：限当天晚上六点钟把我撵出部队。那是冬天，把我的制服剥了，发给我一套夏天的。给张证书：因为是富农的儿子退伍，叫我没法找事。也真巧，过了几年我充军到西伯利亚，遇见从前的大队长，他也判了十年。听他说旅长枪毙了。真是报应。

犯人A：那一阵子还好，人人都判十年。从一九四九年起，不管犯了什么都判二十五年。

船：二十五年还想活着出去？

伊：你别愁你那二十五年，将来的事说不定，我在这儿八年是真的。

聋：伊凡就快回家了。

少：他一只脚已经到家了。

伊：我还是一九四一年离开家的，去当兵。

副：这儿还不都是当兵让德国人俘虏了去，逃回来就硬说你是回来当间谍。

伊：什么战俘营、劳动营、特别营都待过了。

聋：（大声岔入）我逃走三次，三回都给德国人逮回去，耳朵打聋了。

伊：别说，我们这儿倒有样好处，可以随便说话。在北边劳动营，你只要叽咕一声外边洋火缺货，马上关监牢，加判十年。

少：这儿骂老胡子都不要紧。

伊：看守也管不了这许多。

聋：啊？骂谁？

少：老胡子。

聋：谁？

少：老胡子是谁都不知道？

聋：别处不像我们这么苦，不用号码，还有女人。

伊：哪有什么女人？

副：你老婆又不在这儿，干嘛吓得这样？

（众笑。）

伊：咳！还是这儿，面包也多三两。这儿也还安静——

马：（怪笑）这儿还安静？晚上睡觉都有小刀子杀人。

队长：什么人？打小报告的根本不是人。

（寂静片刻。）

副：队长是警告你呢，马贤科。

（汽笛声。）

队长：起来起来，和石灰浆。

（紧张忙碌的音乐。）

第五场

（敲铁条声当当当自远而近。）

众：放工了，放工了！

（工作声继续：铲刀刮砖声，手车咿哑声，抛砖巨响。）

伊：刚干上了劲，倒又放工了。

队长：石灰浆！石灰浆！

聋：啧，刚和了一箱子石灰浆，留到明天都成了石头。

伊：大伙儿帮帮忙，别糟蹋了石灰浆。

船：（喘息推车上斜坡）这家伙诚心，把车子一歪，石灰浆撒了一半，好省力。队长，你另外派个人帮我，不要马贤科。

队：叫基督徒去帮船长。

副：基督徒！

队：马贤科去扔砖头。

少：队长，八十二队去交还工具了。

队：走吧，把石灰浆倒了算了，倒在这洞里，盖上点雪。

伊：队长，我这把铲子不用交还，我再砌两排。

队：好吧，叫聋子帮你。

副：伊凡，明年你放出去怎么办，我们没你不行呢。

队：（大笑）一定不让你走。

（众去。寂静中只闻风声、铲刀声。）

聋：得啦，走吧。（工作声继续）嗨，劳动英雄，再不走来不及了。……他妈的你不走我走啦！（掷铲奔下楼）

伊：（喘息）我马上就来，得找个地方把铲子藏起来。

（伊奔下斜板足音在空屋中震荡。稍一迟疑，移大石声，铲插入石隙摩擦声。伊奔出发电站赶上聋。）

聋：快点。

（二人跑步声为群众淹没。）

众：他妈的瞎了眼睛了，往哪儿挤？

伊：我们的人呢？

聋：我们一百零四队。

伊：我们给拉（音腊）下了。

众：（七嘴八舌）你们早干什么的？放工还不走？饿着肚子天亮干到天黑还不够？傻瓜，你等着，你嫌不够，再多判你二十五年。——去你妈的，跑这儿来混挤，狗杂种，操你祖宗八代。

聋：我操你祖宗八代，你才是狗杂种——

众：（哄笑）嗳，一百零四队，你们的聋子是假的，让我们试出来了。

少：这边，这边。

伊：帽子都挤掉了。（俯拾）

聋：（不耐）嗳咦呀，又找什吗？

伊：（摸帽内）找我的针。

聋：啊？

伊：我的针别在帽子里。还好没丢。

看守：五个一排，五个一排。

聋：快点。排不上又得挨打。

看守：一、二、三、四、五、六……（淡出）

众：（七嘴八舌人声嗡嗡）少一个人。逃跑了。三十二队少一个人。谁？谁逃跑了？

伊：怪不得老不叫走，数了又数。

少：三十二队副队长跟着去找去了。

聋：是哪个？

少：是那间谍。

伊：（嗤笑）我们都算是间谍。

少：人家是真间谍。

马：王八蛋害人，冻了一天，这时候还不叫回去。

少：好冷！没法站着不动。（多人跑步，跳跃拍手声）

聋：这么大月亮。

少：那王八蛋跑得了跑不了？

伊：除非白天跑了，要打算等瞭望塔上的兵下班，抓不到人一礼拜也不准下班。人跑了，看守也别想活着，没的吃，没的睡，气得他们一抓到就打死，不会活着逮回来。

戚：船长，英国海军的生活你怎么知道得这样清楚？

船：我在一个英国兵船上当联络官，待了一个月。

戚：哦？

船：你信不信，打完仗那英国海军上将又写信又送礼，做纪念品“表示感谢”，他妈的可吓死我了。

戚：（笑了一声）抽烟——洋火这儿有。

（划火柴声。）

船：咳！东南西北哪儿都去过了，想不到落到这儿来。

众：（哄然）来了来了！逮到了！找到了！他妈的，为他一个人，五百个人等到半夜。混账王八蛋，妈的皮。（但立即沉默下来）

看守：站住！四百六十号，你上哪儿去了？（大吼）说！

卅二队副队长：这混蛋诚心躲着我，爬上去粉墙，一暖和就睡着了。（踢打）

（看守用枪托打，四六〇号大呼倒地。）

看守：（踢）还装死？（再踢一脚）装死？

护送队长：（高声）退后！五个一排。

众：怎么又要数？人找到了还又要数？（后面）算了，往门口挤有什么用？混蛋！

护送兵士：退后！退后！五个一排。

（音乐桥梁。风声，步伐声。警犬吠声。）

看守：跑步，跑！

（步伐加速。少顷：——）

另一看守：（自远处吹警笛）站住！

（步伐声止。）

聋：又要抄身。

少：到家了，灌些凉气也不怕了。

伊：这叫家？

少：别的还有什么家？

伊：（至队伍末戚沙旁）戚沙先生，我这就跑到粮包处去替你排队。

戚：干嘛？也许我没有粮包。

伊：没有也不要紧，反正我等十分钟，你不来我就回去。

戚：（略顿了顿）好吧，伊凡，你去排队，可别多等。

（伊回原处。）

聋：伊凡你还得去看病？吃饭来不及了。

伊：也真是贱骨头，累了一天，脊梁倒不疼了。

聋：前头抄身这么慢。

伊：今天这一晚上反正完了。

聋：这一向抄得特别紧，查小刀子。

伊：其实我们又不在机器厂，哪儿来的小刀子？（突然低声）嗳呀——

聋：怎么了？

伊：（低声）该死。往兜里一揣就忘了。（袋中取出锯片）

聋：这是哪儿来的？

伊：地下拣的。

聋：这是锯子断了掉下一截子？

伊：刚才急急忙忙地就记得藏铲子，忘了它。

聋：快扔了。

伊：雪地上看得见的。

聋：知道是谁扔的？

伊：扔了可惜，可以做个皮匠刀。

聋：查到了可不当小刀子。

伊：得坐十天牢。

聋：那冰窑子，十天准生肺炎。十五天，出来只好进棺材。

伊：做皮匠可以赚两个钱。

聋：这家伙要钱不要命。

伊：有钱就有的吃，不然还是活不了。

聋：你明年就出去了，还找死？

伊：明年。别想得那么远。

看守：（声渐近）衣裳解开！衣裳解开！

另一看守：（逼近）手套脱下。脱帽子。解开大衣，解开制服，胳膊张开。

叙述者：伊凡把那块锯子藏在一只手套里，跟帽子一只手拿着。

看守：过来！（拍打伊腰背两旁、裤袋）

叙述者：看守抄完身，把伊凡右手拿着的手套使劲一捏，伊凡的心肝五脏就像有个铁钳子一夹。这只手套是空的，左手那只再这么一捏可就完了。

伊：（通过滤音器）上帝，救我，别让他们送我进监牢。

叙述者：看守去捏他左手的手套，先捏帽子，让帽子里的针扎了一下。

看守：(失声）嗳哟，什么东西——（帽子里找不到什么）他妈的！

（连打伊数下)

看守长：快着点，把机器厂那一队叫上来。

其他看守：走走，走走！

（杂乱脚步声。)

聋：(奔跑着）噶咦，你运气真好。

伊：(奔跑着，喜悦地）总算运气。

（音乐。)

第六场

（粮包处排长龙，人声嗡嗡。)

伊：(向一后来者）老兄，我的位子卖给你，一个卢布。

后来者：哪要那么些钱？

伊：你看排队排那么长，排在后边今天领不到了。

后来者：三十柯配克。

伊：没多要你的，你去打听打听，是这价钱。

后来者：你是专干这一行的？

伊：我是替一个朋友排队，他这时候不来，大概布告板上没他的名字。

后来者：三十柯配克。

伊：嗳～～人家占这位子不容易的，这时候去吃饭，连口热饭都吃不到。

后来者：得得，五十柯配克。

伊：嗳，不行，我那朋友来了。

戚：啊哈，米凯力支！

一犯人：（在长龙中）戚沙你看，我收到前两天的晚报！

戚：真的？

犯人：航空寄来的。

戚：（仝看报）唔……！沙伐斯基又有新戏上演。

犯人：据说非常成功。

戚：哦？

（报纸猝缭声。）

戚：居然轰动莫斯科。

伊：（陪笑）戚沙先生，那么我走了。

戚：当然，当然。你可得告诉我哪个在我前头，哪个在我后头。

伊：在这儿，在这儿。你要不要我把你的晚饭带回来？

戚：（微笑）不，你自己拿去吃。

伊：噢。

（伊欣然奔去。音乐桥梁。

（营房中，晚饭后：——）

基：（在上铺读《圣经》）愿我天父上帝与主耶稣基督降恩惠和平于汝等。我主耶稣之父上帝有福了；他会以一切心灵的幸福祝福我们……

少：（走来）聋子。（大声）聋子你有香烟卖？

聋：你问伊凡买，伊凡今天有粮包。

伊：（诧）啊？

聋：你没去领粮包？

伊：（惊喜）我不知道。你看见我的名字？

聋：有人看见你在那儿排队。

伊：哦～～！我是替戚沙排队。

少：你替他排队，倒不请你吃，倒请船长。

伊：我已经吃了他的晚饭了。

少：我们吃什么当饭？你看看人家吃什么。

伊：（低声）别嚷嚷。

戚：（在伊下铺）船长，别客气，自己来。尝尝这熏鱼。来块香肠。

船：好好，我自己来。

戚：面包上抹点牛油。这是真正的莫斯科面包。

船：现在真还有人做白面包，我简直不能相信。

伊：我倒也不想吃人家的。你当收到粮包是好事？来得容易去得也容易。先得分给看守、队长，粮包处的勤务也有份，不分给他，下次他找不到你那一包，叫你等一个礼拜。东西怕人偷，拿去存着，管事的也得送一份，你送少了他拿得更多。到处有人抽头，太不犯着。

少：咱们穷光蛋，也只好这么说。

伊：我本来也有粮包，我知道家里送不起，不许我老婆再寄。太不值得。

少：你倒看得开。

聋：你信他！刚才听见说有粮包，喜欢得什么似的。

（下铺杯壶叮当。）

戚：船长，吃茶。

船：你这茶叶真不错。

（床架震动声。戚起立。）

戚：（笑）伊凡！你的小刀子借给我。

（伊爬到床头，床架吱吱响着，自木板缝中挖出小刀授戚。）

戚：（低声）多谢。（复坐，床架响。）

聋：（低声）他们这时候还离不了你。

少：（低声）他又欠你一笔账了。

（马呜呜饮泣走过，砰然倒在铺上继续呜咽。）

少：马贤科怎么了？嘴上都是血。

聋：又挨打了。

少：又为了收碗，舐人家的碗底。

伊：这人也可怜，照这样不会活到放出去。

（人声嗡嗡中隐隐闻敲铁条声——点名信号。喧声继续。砰门声，皮靴声——看守入。）

看守：一百零四队呢？

众：在这边。

看守：队长呢？

队长：嗳？（坐起，床架震动）

看守：你们的人多穿衣裳怎么没报告？

队长：没法写报告，没纸，没笔。

看守：发下的怎么没有？

队长：都拿走了。

看守：你捣什么鬼？限明天早上点名前写得了交到看守室。禁止穿的衣裳也统统交出来。

少：（低声）这还是早上船长犯的事。

伊：（低声）他倒好，忙着吃香肠，根本没听见。

看守：（自文件上读出）三百十一号。是你们的？

队长：（推延）我得去看名单。哪儿记得那么些号码？

看守：(读出）布希柯夫。在这儿吗？

船：(忽闻已名）嗳？在这儿。

看守：是你？对了。三百十一号，准备走。

船：(颓然）到哪儿去？

看：军事监狱。

船：(透口长气）多少天？

看：十天。来来来。

少：(低声）谁叫他答应得那么快？

看：走走！

营房勤务：(大声）晚上点名！统统出去点名！

船：(微窘向众点首）好，那么我走了。各位，再见！

戚：大衣带着。

三数犯人：再见再见。

戚：(低声）香烟拿着。

营房长：出去出去！我数一二三，再不出去记号码交给看守。

(众一拥而出。伊爬下床。戚正手忙脚乱不及收粮包食物，杯壶叮当。）

戚：(焦躁地）伊凡你的刀拿去，一走开还不都给偷了。(咕噜）真糟糕。

伊：(怜悯地）这么着，戚沙先生，你坐在这儿等人都出去了再出去，就说不舒服。我先出去，早数完了早回来。(在人丛中挤出营房外）

外面众人：(纷纷地）他妈的，挤在过道里干什么？怕冷不出来，叫我们在外边受冻。

(看守们踢打拖其他众人出。）

外面众人：好，讨打！非打不行！你们早出来早完事了。

营房长：你们后边的排队！

看守：五个一排！

营房长：五个一排！

看守：一，二，三……（数过的一排立即分散奔返营房）四，五，六，七……（淡出）

（伊抢先奔入坐戚床上，床架震动。）

伊：（脱靴）二十二队，靴子交给你们。

廿二队队员们：拿来拿来。（掷靴声）

聋：（返，爬上碌架床，吱吱格格响）伊凡，真没出息，还坐在他床上替他看家？

伊：我倒不是想他再给我什么好处，我看他可怜，太没打算。

聋：活该，谁叫他一拿到就忙着大吃大喝。

基：今天不知道会不会重数。

聋：（呵欠）我不管，我睡了。

伊：天天晚上都得数两三次。

戚：（来床前）伊凡，费心费心。

伊：嗳，没什么。（迅速地爬上自己床铺，铺床，脱衣盖毯上，躺下，喃喃祷告）感谢上帝，又过了一天。亏上帝保佑，没送我进监牢。这儿还可以对付。

基：伊凡你瞧，你的灵魂要求祷告，你为什么不让它祷告？

伊：（叹）咳，祷告有什么用。

基：怎么没用？只要你有信心。

伊：你成天祷告，也不会早放出去。

基：（焦急地）你不应当求上帝放你出去。在外边思想更不自由。

你坐监牢应当高兴。

伊：（笑）还高兴？

基：圣保罗说的，“我不但准备被囚禁，而且准备为主耶稣的名而死。”

伊：你是为耶稣坐监牢，我呢，我为什么？因为我们在一九四一年没有作战的准备？这难道怪我？

基：（哀恳地）伊凡，我明明听见你祷告，你能说不信上帝？

伊：老实告诉你，我不是不信上帝，我不信天堂地狱，拿人家当傻子骗人的话。

戚：（站起来递些食物给伊）哪，伊凡。

伊：嗳，多谢多谢，戚沙先生。

（鼾声四起。）

伊：基督徒，来块饼干。（递予一块饼干）

基：（微笑）你自己留着，伊凡，你自己也没有。

伊：你吃。（经过滤音器）咱们什么都没有，可是咱们总有办法赚两个外快，不像你基督徒，好好先生，可是不会讨好。（咀嚼声）先把香肠吃了，剩下一块饼干两块糖，留着明天早上吃。今天真运气，没坐监牢，队伍没开到野地去，队长又把工钱订得高，我吃饭又骗到一碗麦片；砌了一道墙，还带着干得挺高兴，又带私货带了块锯子回来，晚上又帮了戚沙一个忙，又没生病，让我撑过去了，整天都非常满意，简直可以算是快乐的一天。我判了十年，有三千六百五十天像这样的日子，从起身号到熄灯号——

（窗外当当当敲铁条作熄灯号。）

伊：（继续经过滤音器，缓慢地）三千六百五十天。

（音乐。）

＊广播剧（一九六四年及一九七〇年 VOA 播出），初载一九九五年十月台北《联合文学》第一百三十二期。

著作权合同登记号　　图字：01-2010-6482

本书由张爱玲著作权所有人宋以朗先生和其独家版权代理皇冠文化集团授权，仅限于中国大陆地区销售，不得售至台、港、澳地区，及新、马、美、加等任何海外地区。

图书在版编目（CIP）数据

一曲难忘/张爱玲著.—北京：北京十月文艺出版社，2015.10

ISBN 978-7-5302-1509-8

Ⅰ.①一…　Ⅱ.①张…　Ⅲ.①电影文学剧本－作品集－中国－现代　Ⅳ.①I235.1

中国版本图书馆CIP数据核字（2015）第160272号

一曲难忘

YIQU NANWANG

张爱玲 著

*

北京出版集团公司
北京十月文艺出版社　出版

（北京北三环中路6号）

邮政编码：100120

网　址：www.bph.com.cn

新经典发行有限公司发行

新华书店经销

三河市三佳印刷装订有限公司印刷

*

850毫米×1168毫米　32开本　10.25印张　200千字

2015年10月第1版　2017年1月第4次印刷

ISBN 978-7-5302-1509-8

定价：35.00元

质量监督电话：010-58572393